ありがとう。ママはもう大丈夫だよ

泣いて、泣いて、笑って笑った873日

武藤あずさ

ライトワーカー

「今はまだ肺移植はできません」

穏やかで冷酷な声が静かにＩＣＵに響いた。

まるで地獄の閻魔大王が審判の裁きを下したような、そのひと言が私の希望を一瞬で打ち砕く。

「そんな！　今はまだって……じゃあいつなら、いつなら肺移植はできるんですか！」

そんな言葉が、思わず私の口から出そうになった。

今までで体の一番小さな子が受けた生体肺移植は、身長90センチ。私の肺をあげようにも73センチの優司にはあと17センチも身長が足りません。肺移植はこの子を救うたった一つの方法なのに……。

肺の移植がダメなら、私の命でもいいからこの子にあげて欲しい。でも、そんなことはできるはずもない。

いつなら移植ができるのかだって誰にもわからないのだ。そんなこと聞いたって無駄なんだ。

せっかく岡山から肺移植の名医が、東京まで飛行機でわざわざ往診に来てくれたのだから、「申し訳ない」なんて顔をさせてしまわないよう明るく振る舞おうと努めたけれど……。

目の前のベッドに横たわる小さな優司の姿が、涙でボンヤリにじんでぼやけた。

２０１７年9月19日、東京都世田谷区にある国立成育医療研究センターの集中治療室（ＩＣＵ）に、私はいる。

目次

（企画編集協力●企画のたまご屋さん）

第１章 覚悟を決める

❖はじめまして

読者の皆さん、はじめまして、武藤あずさです。

突然ですが、私の息子の優司は２０１８年5月に2歳4カ月で亡くなってしまいました。「なんでこんなにつらいんだろう」と思うようなことは、生きているうちに誰にでも起こるものですね。

お腹を痛めて産んだ愛する子が自分より先に逝ってしまえば、とてもつらくて悲しいと思います。立ち直れなくて、「もう死んじゃいたい」って思うかもしれません。

私も最初はそう思っていました。「この子が死んだら生きていけない」、と。

でも、優司が私の腕の中で息を引き取った時……誤解を恐れずに言いますが、私は幸せでした。

「えっ？　こどもが死んじゃったのに幸せだったって、どういうこと？」

そう感じる人がきっと多いと思います。そうですよね、わかります。ちょっとおかしいですよね。この本には、どうして私がそんな気持ちに至るようになったのかを書かせていただきましたが、実はそれも私たち家族がある方に出会ったことがきっかけでした。

苦しいはずの闘病生活を、楽しい時間に変えていただいた恩人と、かかわってくださったすべての方に感謝をこめて……。

でも恩人はきっとこうおっしゃることでしょう。

「感謝は俺じゃなくて、他の困っている人に親切にしてあげて」

……それでは、泣いて、泣いて、笑って笑った、私たちの８７３日の物語にどうぞお付き合いお願いいたします。

✣優ちゃん

２０１５年12月26日、武藤家の次男、優司誕生。

我が家は、夫（司）、私（梓）、６歳年上の長男（祥司）、そして優司の４人家族となりました。

新しく家族に加わった優司を囲み、私たちはこれから待っているだろう希望と喜びに包まれていました。赤ちゃんが生まれたら明るい未来に胸を膨らませるのが普通で、こどもが大きくなってやがて家を巣立つ時まで、その幸せが当たり前のように続いていく……。何も疑わずそう思っていました。

優司はとてもおとなしい赤ちゃんで、泣く時も赤ちゃんらしい「オギャー」という泣き声ではなく、「シクシク」ともっと控えめな感じ。ミルクもあまり飲まないので体重がなかなか増えず、私たちは体重計ではなく料理用のスケールを購入し、少しでも大きくなってくれるよう、飲んだミルク量と体重の記録をとっていました。

１カ月が過ぎ、あまり体重が増えていないまま初めての検診を迎えると、地域の小児科医から指導を受けました。

「今後も変わったことがないか、引き続きよく様子を見るように」と。

検診の帰り道、「そういえば、祥司はこの時期からもう手足がむっちりはちきれんばかりだったなあ。優ちゃんは小さくてお人形さんみたいね……でもそこが可愛いんだから気にしない、気にしない」。そう思い、私は指導を受けたこともさほど気にしてはいませんでした。

「きっと次男だから何事も控えめなのだろう。もともとそういう性格なのだろう」

2度目の子育てだったこともあり、妙におとなしい優司に対してまだまだ私には気持ちの余裕がありました。


2カ月たった頃、朝起きていつものように優司のおむつを替えようとして、ギョッとしました。茶色いはずのうんちが……マッシュポテトのような感じで色が白いのです。

母子手帳を見たことがある人ならわかるかもしれません。手帳の真ん中あたりのページに『乳児のうんち』を1から7番の色見本でチェックするシートが挟まれています。

チェックシートには赤字で、次のように記されていました。

『1～3番が当てはまる時は胆道閉鎖症などの重大な病気の可能性がありますので、1日も早く小児科医の診察を受けてください』

優司の白いうんちは、3番でした。

直感的に、ただごとじゃないことが起きているような気がしました。見たことのないうんちの色と母子手帳の注意書きで、子育て2度目の余裕は吹き飛び、着のみ着のまま2月の寒い朝、大あわてで自宅近くのこどもクリニックに飛び込みました。

「ここでは何もはっきりしたことがお伝えできません。紹介状を書きますから、今すぐ指定する病院へ行ってください」

なじみの先生がいつもとは違う真剣な表情で、オロオロする私に告げました。

母子手帳に書かれた『重大な病気の可能性』という一文が、グルグルと私の全身をかけめぐります。

小説やドラマのような展開に頭がついていかないまま、とにかく早く「何でもなかった」というひと言が欲しくて、言われたとおりにその病院へ向かうしかありませんでした。

不安を振り払うように優司を抱きしめると、身体がいつの間にかとても熱いのに気が付き、体温を測ると39度もあります。

「優ちゃん、つらいよね、ごめんね。もうすぐ病院に着くからがんばろうね」

と声をかけましたが、グッタリした顔を見ていると、

「2カ月の間に何か私が悪いことをしてしまったのではないか！」、「優司が出していた大切なサインを見逃していたのではないか！」とますます不安はつのりました。

バレンタイン前日の2月13日。土曜日だったため自宅から15分ほどにある国立成育医療研究センターの救急受付から、初めて病院を受診しました。そこに足を踏み入れた時、病院全体がこどものためだけに作られた成育の、ちょっと変わった、でも優しい雰囲気に圧倒されました。

壁や天井には病院とは思えないような可愛い絵がいたるところに描かれていました

し、先生も看護師さんも少しでも私の不安をやわらげるように丁寧に接してくれます。病院の居心地は悪くありませんでしたが、診てもらえればすぐに帰れると思っていたので、「検査のためには入院が数日必要です」と言われて、がっかりしてしまいました。もうバレンタインどころではありません。

優司の熱の原因は軽い脱水だったようで、点滴をしてもらうと熱は下がりましたが、白いウンチの原因はすぐにわかるようなものではなさそうでした。

病棟は24時間看護なので付きっきりでなくてもよかったのですが、生後2カ月の優司を置いて家にひとりで帰るのが、とても寂しかったです。「優司と一緒に、早く家に帰りたい」と、いつも看護師さんに言っていたように思います。

しかし、数日と言われていた検査入院は一週間二週間と延びていき、家に帰れる気配はなく、原因もまったくわかりません。

「肝臓に疾患があるのではないか」とのことで、優司の肝臓の一部を切り取って調べる肝生検を行ないました。「親の遺伝子の組み合わせによるなんらかのエラーなのではないか」と遠方の大学病院に遺伝子検査を依頼し、他にもありとあらゆる検査をしたのにもかかわらず、うんちが白い原因や病名などは不明なまま。そして、やっとはっきりとしたことがわかったのは3月も半ばになった頃、私たちにそれは伝えられました。

『生まれてからたった3カ月の間に、優司の肝臓はほとんどその機能を失ってしまい、体全体が危機的状況にあること。命を救う唯一の手段は「肝臓移植」のみである』

——ということでした。

優司の目や皮膚が黄色くなっていることから、肝臓が悪いということは私たちの目にも明らかでした。体の中のビリルビン（胆汁または尿から排出され、異常な濃度上昇は何らかの疾病を指し示す）という物質の数値がとんでもなく上昇していることでそれは起こります。

脳死ドナーが現れるのを待つ時間の余裕もなく、今すぐにでも生体ドナー、つまり生きている健康な人間からの生体肝移植しか私たちには選択肢はありません。肝移植とは患者の肝臓をすべて取り去って、そこにドナーの肝臓の一部分を切り取って入れるというとても難度の高い手術です。

肝臓は一部切り取ってもいずれ元通りに再生するトカゲのしっぽのような臓器ですが、人と人との臓器を生きたまま取り替えるなんてブラックジャックではあるまいし、無茶苦茶なことですよね。

ドナーになる条件は、血液型適合、３親等以内、体格などいくつかあるのですが、すべて当てはまっていたので当然のように私がなるつもりでした。

自分のお腹から生まれてきた、自分よりも大事なこどもの命です。なんとか優司を救ってあげたい！　当然、夫も同じ気持ちだと思っていたのですが、実際はそうではありませんでした。医療者を含めた最初の話し合いの時、夫は告げました。

「手術がもしうまくいかなくて、あずさを一緒に天国に連れてってしまうのなら……優司はあきらめたい」

夫の目は真っ赤でした。夫婦であっても価値観は違います。夫には『妻の私には代わりがいない、ずっと一緒にいたい』という気持ちが強かったのでしょう。

誰も失いたくないという気持ちは私も一緒でした。ですが、夫の気持ちを知ってもなお、私は母親として自分の希望を通さねばならないと思う気持ちは変わらなかったのです。

「本当にドナーになりますね？　断ることも権利ですので、まったく問題ないのですよ」

移植心理士に3回にわたって意思確認をされ、承諾の書類に3回、サインをしました。1回目と2回目の意思確認時には私の身体検査や手術の説明、起こりうるリスク、心のカウンセリングなどいろいろな手続きがあり、そのたびに「ドナーになるのをやめてもいいのですよ」と念を押されました。

それほどに生体ドナーとなるには自ら湧き起こる愛情のもと、無償で臓器を提供するという意思が必要なようです。

✣「私が取り戻してあげたい！」

移植手術を待つ間、私の心のなかでは『夫に悲しい思いをさせたくない』という思いが引っかかり、何度も気持ちが揺れ動きました。

しかし、その間にも優司はニッコリと笑うことを覚えてくれました。機能していない肝臓が肥大して肺を圧迫して呼吸が苦しいのか、いつもハアハアしていましたが、それでも覚えたての笑顔を私に見せてくれるようになりました。半分しか笑えていない疲れたような笑顔だったのですが、

「ボク、優司。まだ3カ月だけど、笑えるようになったよ！」

とでも言いたげなのです。得意そうな顔を見ていると、優司に当たり前のようにあったはずの残りの人生を、「私が取り戻してあげたい！」と今まで以上に強く思うようになりました。

楽しいことがいっぱいあるはずだったこの子の時間を取り戻し、救えるのはこの世でたったひとり、私だけなのです。私の決断だけが、この子に人生を終えるかどうかを決めるなんて、あまりに残酷すぎます。

夫も優司の笑顔を見てからは、私がドナーになることにやっと納得してくれました。それほどにこどもの笑顔は、親にとってかけがえのないものなのですね。

手術前日の夜――。私たちは明日に備えて、夫と共に病院に泊まりました。優司の兄の祥司は私の両親が見てくれています。

同じ親としての気持ちはわかってくれていると思いつつ、実の娘が死ぬかもしれないという気持ちを聞くのが怖くて、父にも母にもドナーになることの相談はしていませんでした。

その夜はなかなか眠れず、時間だけが過ぎていきます。考えるのをやめようと思えば思うほど、「死ぬかもしれない……」と心の底で思いました。やはり、人は死を恐れるのです。

いやな汗が止まらず、このまま病院から逃げ出したい気持ちと、優司を助けたい気持ちが交互に襲ってきてなんとも言い表せない心境でした。なぜ、何度も意思確認をされたのかやっとわかったような気がしました。

「親として無責任でもいいから、まだ死にたくない」

「でも、優司を見捨ててしまうひどい親になるのもゆるせない」

――本当に忘れられない夜でした。

手術は10時間にも及びましたが、幸いにも無事に成功し、優司は一命をとりとめます。

私は全身がものすごい術後の痛みで、数日は立ち上がることもできませんでした。でも、点滴を引きずりながら向かったＩＣＵには、スースーと寝息を立てて眠っている優司がいました。その途端、私の目から涙があふれてきて、止まることはありませんでした。

こんな小さな息子の体の中に、私の肝臓が入っていてちゃんと動いているなんて……信じられないような奇跡です。

今でも私のお腹には、その手術の時の傷跡が縦にまっすぐ入っています。「整形手術で消すこともできるよ」と外科の先生に言われましたが、とんでもない！　優司の体にも消えない傷跡が残っていますし、私にとってこの傷跡は『よく逃げなかった！』と自分を讃える勲章だと思っているので、消すことなんて決してしたくないのです。

その後、春から夏に季節は変わり、その間にもいろいろなことがありました。

優司の肝臓は手術のおかげで良くなったのですが、またもや原因不明の肺の機能悪化により自発呼吸が十分にできなくなってしまい、人工呼吸器を付けなければならなくなってしまいました。

気管につながるように喉に穴を開け、そこにカニューレという管を通す手術を受けるのですが、人工呼吸器を付けると声帯が震えないので声を出すことができなくなってしまいます。

初めてそのことを聞いた時、めまいのようなショックを受けました。可愛い声で「ママ！」と呼んでくれる日をお母さんなら誰もが楽しみにしていることでしょう。

「なんで私だけこんなにつらいの！　普通のお母さんができることが何もできない！」

と、誰のせいでもないのに人目も気にせず怒りにまかせて泣いていました。でも、ＩＣＵの先生や看護師さんは、そんな私を見守り、励ましてくれました。

「呼吸器は肺が良くなれば、いずれ外せます。いま、優司君は息をするのも苦しいはずです。お母さん、つらいでしょうけれどがんばりましょう」

私も苦しいですが、優司はもっと苦しいはずです。そんなことを聞いてしまったらもうどうしたって受けなければならない手術でした。私はその時、心に決めました。

「絶対に良くなって、いつか普通のこどもに戻してあげるからね。優ちゃんにはママがついてるからね」

　優司は首もちゃんと座って、生後５カ月になりました。


　そして、季節は秋になり、そして冬になり、とうとう退院の日がやってきました。初めて成育に来た日から10カ月が過ぎ、優司の１歳の誕生日が５日後に迫る12月21日――。お世話になった大勢の病院の方々に見送られ、私たちは家に戻ることができました。

　優司の肺はステロイド薬を飲むことで悪化するのは防げてはいますが、完治したわけではありません。肝臓移植後、一生飲み続けなければならないたくさんの薬もあります。呼吸器を付けたまま、そんな不安定な状態で退院することは異例の事態であり、〝前例がない〟という理由で当初は大反対されていたのです。

病院でやってもらっていたすべての処置が自分でできることと、そのための強い覚悟がない限り、退院をして在宅看護することはできません。

もちろん私にも、最初からできるという自信があったわけではありません。夫が一緒に退院に向けて努力してくれたこと、プライマリー（ひとりの看護師が患者の入院から退院までを一貫して担当する看護方式）という担当看護師さんがとても親身になって退院させようとしてくれたこと、優司を診てくださった医師に恵まれたことなど など……さまざまな良いことが重なりました。

自宅で何かトラブルが起きたら怖いという気持ちを、少しずつですが家に帰りたい気持ちが上回っていき、

「優ちゃん、いつおうちに帰ってくるの？　ボク、優ちゃんに文字の書き方教えてあげるよ、お母さん」

と退院を楽しみにしてくれている祥司のひと言で、私の気持ちは固まりました。

帰宅して家のドアを開け、優司と一緒に10カ月ぶりに部屋に入ると、なんてことのない、だけどホッと気持ちが安らぐような家の匂いがフワーッとしました。

優司が10カ月前に家にいた形跡はそのまま残っています。普通の１歳のこどもではなくなってしまったけれど、どんな姿であっても一緒に優司と家に戻ってこれたことがただただ嬉しくて……。

これから先、何が待ち受けていようとも私は優司を絶対に守ってみせる、もう二度とこの子を手放すまい、そう強く思いました。私たちはその思いを胸に、４人での生活を再スタートさせたのです。

24時間、目を離せない気の休まらないつらさはありましたが、ふと横に目をやるとちゃんと手の届くところに優司がいます。まだひとりではおすわりできないので、練習用の補助座椅子に座った優司と一緒に、朝夕のテレビ放送『おかあさんといっしょ』を観ることが私は大好きになりました。

ちょっとしんどいことがあっても、テレビから流れてくる優しい歌声が、優司と一緒で幸せだという気持ちを思い出させてくれました。ミルクを作りながら、薬を飲ませながら、私は歌を口ずさむようになっていました。

優司も歌が好きなのか、私の真似をしているだけなのか、優司から音のような声が出ているのを聞いていると、

「きっと呼吸器、とれる日がくるからね、お歌のうまい優ちゃん！」

と声をかけました。優司が気持ちよさそうにしているのを、私は目を細めて見守っていました。

また、私たちは優司にできる限りの経験をさせてあげたいと思い、積極的に外に出かけていきました。酸素ボンベや呼吸器、モニターなどすべての医療機器をすばやくきっちりバギーに詰め込むのは慣れるまで大変でしたが、夫と協力してそれにも徐々に慣れていきました。

公園で遊ぶ小さなこどもたちを、優司はよくバギーの上から眺めていました。

「優ちゃん、お外は気持ちがいいね。いつか優ちゃんもお友だちと一緒にお外で遊べる日が来るからね。大丈夫だからね」

私たちは何度も公園に足を運びました。日の光を浴びてキラキラと優司が天使のように光って見え、私の前から急にいなくなってしまわないかと不安になるたびに、顔

を覗き込んでは優司の顔色と体調を確認していました。天気の良い日は馬を見に馬事公苑へ行ったり、魚を見に品川水族館にも出かけました。

ちょっと気が早すぎたかもしれませんが、「呼吸器がとれたら幼稚園に行けたらいいなぁ」と思い、近くの幼稚園の下見にも行きました。

どこへ行っても優司の姿は普通の1歳の男の子とは違っているのでとても目立ちますが、私たちは引け目を感じることもなくどこへでも出かけました。優司はいずれ良くなって、普通の男の子に戻るのだから、その生活を少しでも今から感じさせてあげたかったのです。

でも、その間にも優司の肺は少しずつ悪化していました。

✣優司の急変

6月の終わりのことでした。その日は前日から顔色が悪くミルクの吐き戻しが続き、モニターの数値も良くありません。私は不安に思い、病院にどうしたらいいかと連絡を入れたところ、「診察するので、今から来てください」とのことでした。月一度の外来はいつも自家用車で行っているので、その日もバギーに呼吸器を乗せて車で病院へ向かいました。

私の中で救急車を使うという選択肢はよっぽどのことがない限り頭にありません。その時もそれほど緊急性があるようには感じませんでしたが、それが大きな過ちでした。あの時のことは忘れられません……。

なんと、車の中で優司の様子が急変したのです。顔色がどんどん黒くなり、目はうつろ、口からは泡を吹き出しました。家を出発して5分も経っていません。成育までの道のりは残り半分、10分以上はかかります。

私はパニックになり、「優ちゃん！　優ちゃん！」と大きな声で叫び続け、何かできることはないかと辺りを見回すことしかできませんでした。さらに悪いことは続き、道はまさかの大渋滞。

「こんな平日の日中にどうして！」

もうどうしていいかわからなくなりました。その間にも優司の状態はどんどん悪くなっていきます、とても危険な状態なのは明らかでした。

「優ちゃんが死んでしまう……」

私は自分には何もできないと思いました。

「それならばいっそ、車内に優司を置き去りにして自分だけ逃げ出してしまうのはどうだろうか」

「腕の中で優司が息絶えるようなことがあったら、私が優司を殺したことになる」

「救急車を使わなかった私がいけなかった、もっと早く病院を受診しなかった私がいけなかった、無理やり退院させた私がいけなかった、全部私がいけなかった！」

「どうせ自分が悪いのならもうそれでいい。優司が死ぬところなんて見たくない！」

私が車のドアノブに手をかけて外に飛び出ようとした瞬間、叫び声が聞こえました。

「あずさ、落ち着け！」

車の運転をしながら私の様子を見ていた、夫でした。

「落ち着け！　車は少しずつ動いている。大丈夫だから。俺は運転しているから優司の様子は見られない。あずさしか優司を守れないんだ。できるな？」

「そんなの嘘！　車だってさっきから少しも進んでいない！　成育に着くまであと何分？　ねえ、何分!?」

　私は半狂乱になって叫びました。あの時の私はどうかしていました。

「わかった、だったら降りろ！　俺が車を停めて、優司を抱えて成育まで走っていくから」

「ひとりで？　できないよ！　呼吸器もボンベも優司も抱えていく気？」

「それしか方法はないだろ！　それか手伝ってくれ、大丈夫だから。車は動いてる。成育に着いたら、俺は救急の人を呼びに走るから、あずさは外に出る準備をしておくんだ」

　私は怖くて怖くて、手足がガタガタと震えていました。

「しっかりして、私！　優ちゃんは死んでない！　まだがんばってる！」

　私は自分の頬を思いっきり引っぱたきました。

「優ちゃん、死なないで！　優ちゃん！」

　車が成育の正門をくぐりました。

「もうすぐ病院だよ、優ちゃん！」

そのあとのことはあまり覚えていません。成育に車が到着して、救急の方が車のドアを勢いよく開けると、私は優司をその方の胸に泣きながら差し出しました。手の震えは収まらず、私はその場に崩れ落ち、ワンワン声を上げて泣きました。あんなに恐ろしい経験は人生で初めてでした。

優司はそのままＩＣＵに運び込まれ、一命を取り留めました。本当に危ない状況だったようで、あと5分到着が遅かったら取り返しのつかないことになっていたそうです。

ゾーッとしました。あと1回、信号が余計に止まっていたら……。あと少し車の到着が遅れていたら……。そして、あの時私が本当に逃げ出していたら……。

私は一生、優司への懺悔(ざんげ)と自分への後悔を背負って、ひとりで生きていかなければならないところでした。

「ごめんね、司さん。私、とても母親とは言えないね」

でも、夫は言ってくれました。

「そんなことないよ、怖かったよな。でも、あずさは逃げなかった。次からは救急車で行けばいいいんだよ。それがわかったんだから」

あの時は、夫の冷静さに本当に助けられました。


その後、優司の現状をＩＣＵで聞き、私たちは大きなショックを受けます。肺はもうほとんど機能していなく、このままではいずれ生命の危機が訪れるというのです。

悩んだ末に私たちは、「私の肺を優司に移植する」という決断をしました。今までも肺移植は肺が良くならなかったら、いつか最後の切り札で検討する時が来るかもしれないとは考えていました。

前々からインターネットで肺移植についての情報を調べていた私と夫は、迷わず飛行機で岡山県に向かいました。肺移植は成育では設備がないため行なえないのですが、岡山の病院には肺移植で有名な先生がいるのです。その先生に会いに岡山県へ乗り込みました。

ただ、肺移植は肝移植よりさらに難易度が高く、手術の成功率もグーッと落ちます。

手術後の生存率にもドナーの生存率にも不安がないとは言い切れません。でも、私たちに残された方法はそれしかありませんでした。

私は飛行機の窓から、空一面に広がる雲をボーッと眺めて思いました。

「何でこんなことになっちゃったんだろうね。でも絶対に助けるからね、優ちゃん待っててね……」

夫が、私の手をしっかりと握っていてくれました。

岡山大学病院で肺移植の説明をひと通り受け、先生に「ぜひ手術をして欲しい」とお願いしましたが、実際に優司を診てみないと手術ができるかどうかは判断できないとのことでした。ですが、なんとかお願いし、秋になったら先生自ら東京まで往診に来ていただけることになりました。

「早く秋にならないかな……私の寿命があと50年だったら、優司と半分ずつでもかまわない」

私は往診のことばかり考えて、残りの夏を過ごしました。セミの短い人生が優司と重なって、ミーンミーンという鳴き声がやけに大きく、悲しく聞こえました。

❖親が子にしてあげられることは

「今はまだ肺移植はできません……」

昨日の往診の際に告げられた言葉が私の心に重くのしかかったまま、うつ向きながら今朝も私は成育に向かっていました。

成育には建物を囲むように美しい庭園があり、樹々の色づきで「もうすっかり秋になったんだ」と毎朝、病院に向かう時に感じることができます。

でも、優司のいるICUからはほとんど外が見えません。命をつなぎ止めるギリギリの場所には、外を見て季節を感じる余裕は必要ないのかもしれませんね。

また、ICUは一般病棟とは違ってさまざまな制約や安全上のルールがあります。こどもの身の回りのことはすべて看護師さんがやってくれるので、たとえこどものお世話をしてあげたくとも何一つできないのです。

抱っこやおむつの交換はもちろん、呼吸器を付けていると唾液が気道に溜まり、苦しくなってしまうので適時吸引する必要があるのですが、私でも十分に対応できる処置であっても手を出すことは許されませんでした。

目の前で苦しくて赤くなったり黒くなったりする優司を前に、私にできることはベッドサイドのナースコールを連打して（連打しても鳴るのは一度だけなので意味はないのですが……）少しでも早く看護師さんに気づいてもらえるようにするだけなのです。

目の前にいる優司は、私のこども……。なのにどうして何もしてあげられないの？肺移植ができるまで優司は生きていられるの？

「誰でもいいから優司を元に戻して……」

少しだけ目を開けて優司がつらそうにこちらを見ていても、何もしてあげられないことに苛立ちがつのり、私はまわりも気にせずベッドサイドの椅子に座って涙を流していました。

優司に唯一してあげられるのは、鼻に入れられているチューブを止めるテープに手書きで絵を描いてあげることくらい。そのテープだって私がどんなに可愛くマスコットを描いてあげても、優司は自分では見ることができないのです。

ほっぺのテープに絵と一緒に、「いつもありがとう」と書いてみます。先生や看護師さんが見てくれて、少しでも優司が大事に扱ってもらえるように……。

✣先の見えない恐怖

なかなか良くならない優司に付添いながら、いつも行き場のないイライラと、なんとかこの状況を好転させるきっかけが欲しくて私は毎日、焦りでいっぱいでした。

そんな私を見かねてか、優司の主治医である前川先生が、「武藤さん、一般病棟に上がりませんか？」と声をかけてくださいました。

『良くなったわけでもないのに一般病棟に上がるのは何のため？　ＩＣＵにはいてはいけないってこと？　なかなか治らない優司はもうこれ以上ここにいても意味がないってこと？』

見放されたような気持ちになったので、私が泣きそうな顔になっていたのでしょう。先生はあわてて補足してくださいました。

「一般病棟に上がれば、ＩＣＵではできなかった優司君の身の回りのことや、許可される範囲での医療的ケアを、前と同じようにお母さんがしてあげられます」

「病棟に移れば、優司のお世話が自分でできるんですね？」

　思わぬ展開に私はびっくりして、聞き返しました。

「はい！　ですが、ＩＣＵと病棟ではそもそも果たす役割が違います。医療者の人数も病棟の方が少ないですし、万が一何か優司君の身に急変が起きた時にしてあげられるＩＣＵでしかできない処置も病棟ではできません」

　何となく説明の意味がわかるようでわからないまま、しばらく私は先生の顔をじっと見ていました。もし万が一、優司の身に急変が起きた時、優司はどうなってしまうのでしょうか。苦しむ優司に必要な処置もできない、そんなところに優司を連れていけません。

「もちろん、病棟の全員で優司君の情報は共有していきます。通常の処置はＩＣＵでしていたようにもちろん病棟でもすることができます。万が一何かあった時、緊急の場面にすべきこともその場が混乱しないように、チームを作って優司君とご家族をサポートしていきます」

何も言えないでいる私に、先生は諭すような口調で続けてくれました。

「いま、優司君にとって、お母さんにとって一番大切なことは何でしょうか。もしそれが優司君の限られた時間を大切に過ごすということであるのならば、病棟に上がるというのも一つの選択肢ではないでしょうか」

止まないモニター音が鳴り響く中、ぐったりとした優司を腕の中に抱きしめている自分の姿を想像してみました。この先には何が待っているのでしょうか。

「人って、死ぬ時、どんなふうになっちゃうのかなぁ」

私は、病棟で優司が急変する場面を勝手に想像し、その先どうなるのかわからないまま、優司をただただ抱きしめ続けるしかありませんでした……。

✣師との出会い

そして、とうとう優司は余命宣告をされてしまいました。高熱が続き、体の中の酸素濃度が低い状態が続いていました。

「数日がヤマかもしれません……」

前川先生の言葉をそのまま受け入れられるはずもありませんでした。

「優司が死ぬなんて嘘でしょ！　信じたくない！」

私は何かを考えることも限界になっていました。命を助けてあげられないうえに、両腕で抱きしめて、苦しみを少しでも取り去ってさえあげられない。死んでいくのをただ見守るしかできないのです。

私の心は悲しみで張り裂けてしまいそうでした。

「誰でもいいから、私はどうしたらいいのか教えて欲しい。優司が助かるのなら何でもするから」

人生であんなにつらい時はもう二度とないでしょう。そんな私をギリギリのところから救ってくれたのは、ほかでもない、夫でした。いいえ、夫が私に教えてくれた、ある方だったというほうが正しいでしょうか。その方のお名前は、斎藤一人（ひとり）さん。

ご存知の方も多いと思いますが、一人さんは大実業家です。日本で長者番付が発表されていた頃、累計納税額の日本新記録を打ち立てた方でもあります。

一人さんは話す内容にどこか不思議な空気が漂っているうえ、マスコミには顔を出さない方なので宗教家と勘違いされることもあるのですが、そうではまったくないですし、そんな感じの方でもありません。

優司が肺移植の往診を待っていた9月の頃、夫は偶然に一人さんを知りました。私にも教えようと、たびたび夫は話を聞かせてくれたのですが、そのたびに私は「あまりそういう話は聞きたくない」と拒んでいました。

今まで夫と一緒に人生を歩んできた間、夫が私に教えてくれることで間違っていたことは一つもありません。でも、今回は素直に聞く気になれませんでした。それはなぜだったのでしょうか?

今ははっきりとその理由がわかります。「自分を変える」ということに強い抵抗があったのだと思います。変わってほしかったのは、優司です。病気が良くなって普通のこどもに戻ってほしかったのです。ですから、一人さんの教えの元になっている「自分が変わる」ということが必要とは思えなかったのでしょうね。

「人は変えられない。変えることができるのは自分だけ」

よく聞く言葉ですが、夫はさらに先まで知っていたのです。「人は苦しくて、どうしようもなくなった時にしか変わろうとしない」ことを……。

私が「自分から変わる」ことを受け入れるのを、夫は先に自分が変わりながら待っていてくれました。ギリギリまで来てしまった私は、自分が変わるしか残された道はないことを悟りました。

優司のために、自分のために、大切な人のために、「一人さんという師」を通して何かをつかもうと、やっと思えたのでした……。

❖覚悟につながる天国言葉

まず私は、夫と約束をしました。「〝天国言葉〟だけを使おう」、と。

天国言葉というのは、「ついてる、嬉しい、楽しい、感謝してます、幸せ、ありがとう、ゆるします、愛してます」という、人が聞くと、気持ちが明るくなる言葉のことです。

反対に地獄言葉というのもありますが……地獄言葉は暗記していないので、ごめんなさい、興味のある方はご自身で調べてみてくださいね。

さて、私たちは日々どれぐらい天国言葉を使えているでしょうか？　私は優司が入院してから、特に地獄言葉ばかりでした。病院の先生に、話を聞いて共感してくれる友人に……両親には泣き言を、夫には愚痴を言っていたと思います。

言葉には言霊(ことだま)というパワーがあり、特に否定的な言葉には強い毒の力があるのですが、こともあろうに大切な人たちにその毒を今までたくさん吹きかけてしまっていました。

自分が苦しい時に地獄言葉が出てしまうのは、普通の人の習慣です。夫と「それをやめよう！」と誓いました。何があっても、これからは〝天国言葉〟を使うこと。その中でも特に、どんなことが起きようとも「ついてる」と口にしてみることに決めました。

何がついているのか、わからなくてもいい。そう口にしているうちに物事を肯定的にとらえられるようになる、と師は言っています。否定的なことばかり言う人間よりも、肯定的な生き方をする人間の方が、まわりから見ても清々（すがすが）しくて魅力的ですよね。

優司を救ってくれる存在がいるとしたら、もうそれはお医者さんではなく、神様でしかないはずです。自分の苦しみをあたりにまき散らし、人をいやな気持ちにさせる人間よりも、人の心に灯りをともすことができる魅力のある人間の方が、神様はきっと好きなはずです。

「神様、私はあなたが好きな人間に変わります。だからそれがちゃんとできている間は、優司を天国に連れていかないでください。約束してください、お願いします！」

私は勝手に神様とそんな約束を結びました。そして、夫と共に天国言葉だけを使うことを始めようと心に誓いました。優司にずっと生きていて欲しいから……。

✣優ちゃんの幸せって？

余命宣告をされた翌日、予断を許す状況ではありませんでしたが、私たちはＩＣＵ

を出て病棟に転棟するかどうかを話し合っていました。

「優ちゃんはどうしたいだろうね？　お口がきけて、こうしたいんだっていろいろ私たちに伝えてくれたらいいのにね。全部、優ちゃんが望むようにしてあげられるのに」

このままＩＣＵにいて、私に抱っこもしてもらえないままじっとして過ごすか。危険を冒してでも病棟に移って、家族と一緒に過ごすか。

夫が突然、言いました。

「優ちゃんが、今日も一日生きててくれて嬉しいね。病院の先生や看護師さんに感謝だね」

聞いてて心地の良い天国言葉でした。

「うん、本当に感謝だよね。みんなのおかげ。私には司さん、祥司、優司がいてくれてすごく幸せだよ」

私はそう答えました。

「一度目の退院のあとはさ、半年も４人で家にいられて楽しいことがいっぱいあったね。あずさはたくさん苦労したと思うけど、ありがとう。俺たちは今も昔も幸せだなぁ」

私の目から涙がポタポタと落ちました。楽しかった思い出が次から次へと浮かんできます。優司はお話しはできないけれど、その時、『優司の幸せ』とはなんなのか、はっきりわかった気がしました。

「司さん、病棟に上がろう！」

私はハンドタオルで顔をグイッと拭って、言いました。迷いは無くなり、今まで悩んでいた理由がなんだったかわからないほど、はっきりと心が決まりました。

「俺もそう思う。支えてくれる人にお世話になるけれど、もう一度優ちゃんを真ん中に家族で楽しく過ごそうよ」

夫はもうすでに楽しそうです。そして、さらに言いました。

「それにね、もしかしたら優ちゃんは困ってないのかもしれないよ。病気で苦しんでいるように見えるけど。みんなが思っているよりずっと優ちゃんは強いんじゃないかな。今までだって何度も困難を乗り越えて、今も立派に生きてるよ！」

そう、優司は今日一日を生きることに一生懸命。私たちができることは、そんな優司を褒めて、励まし、支えて、そこに楽しい嬉しいのきれいな花をソッと添えてあげることだけです。

そうと決まれば病棟に上がらせて欲しいと先生に伝えたい。優司にも伝えてあげたい！

「優ちゃんのところにどっちが先につけるか勝負しよ！　よぉい、スタート！」

私はそう言って、休憩スペースの椅子から勢いよく立ちあがり、夫より先にＩＣＵへ向かい出しました。

「あっ、何、そのゲーム？」

あわてて夫も追いかけてきます。でも、院内は走ってはいけないので二人して競歩のように小走りです。こんなに晴れ晴れとした気持ちでＩＣＵに向かうことって、今まであったでしょうか。

私たちは移る先の病棟とＩＣＵ双方の医療者と、転棟に関する打ち合わせをしました。優司の状態もなんとか崩れることなく、念入りに転棟の段取りを全員で確認することができました。

呼吸器は病棟ごとの据え置き型なので、優司の首元から呼吸器回路を一度外し、酸素ボンベで直接、体の中に高濃度の酸素を送っていきます。

移動用ベッドに優司を移し、モニターに注意しながらＩＣＵのある4階から移動先の9階西病棟に移ります。ちょっとのアクシデントが大きな事態を巻き起こす可能性があります。

想定できるものと想定できないもの、どちらにせよ移動中に優司を死なせるわけにはいきません。移動当日、優司をグルーッと囲むように医師や看護師さんたちが大勢付き添ってくれました。

優司の状態を表すモニターのピッピッという音より早く、私の心臓がドキドキしていましたが、「大丈夫、大丈夫！　ついてるから悪いことは何も起こらない」

移動用ベッドの脇で、ひたすら私はそうつぶやいていました。

「優ちゃん、お部屋移るだけだからね。ママもパパもそばにいるからね」

手を握りながらゆっくりと移動します。道中も変わりなし。いつもより心なしか、優司も落ち着いているように見えました。まるで大名行列のような、命をかけた仰々しい大移動でした。

私たちは無事、9階に上がることができました。病棟の入り口にある窓からはＩＣＵでは見えなかった景色が広がっています。私たちの止まっていた時間がやっと動き始めた気がしました。

「ＩＣＵの皆さん、お世話になりました。もう下に降りることはできませんが、いただいた時間を私たちは大切にします。命をつなぎとめてくださって、本当に感謝の気持ちでいっぱいです」

いつも険しい顔をしていたＩＣＵの先生たちの顔が、とても優しく見えました。こどもの命の一番近くで日々、目の前のことを大切に大切にしているのですからね。とても大変なお仕事だと思います。きっと、私などでは知りえないさまざまな心の葛藤があるのでしょう。

「また会いに来ます。お母さんたちもがんばってください。優司、良かったな！」

先生や看護師さんが声をかけてくれ、下に戻っていく様子を優司はジーッと見つめていました。優司はわかっていたと思います。

『この人たちに自分は何度も命を助けてもらった』ということを。

今日から私たちは、ここ９階の西病棟で生活していくことになります。それがいつまでなのか、途中で何が起こるのかまったくわかりませんが、今日その日一日を楽しく生きることを毎日毎日積み重ねていこうと思います。

幸せになる覚悟を持って……。

第2章 幸せになるための修行

✣病棟での生活、始まる

さっそく病棟での生活が始まりました。何か異変が起きてもすぐに気づいてもらえるよう、ナースステーションに一番近い個室を9階西の師長に用意していただけました。ただし、個室に入院するには大部屋との差額ベッド代がかかり1日5千円です。1カ月だと15万円強になります。

「優ちゃんはまだ1歳なのに、世田谷のど真ん中にワンルームの賃貸を借りちゃったね」

と、夫と冗談を交わしていましたが、全額ではもちろんありませんけれど優司の持っている第一級障害手帳のおかげで月にいくらかの補助金をいただけたのはとても助かりました。

私たちは個室の壁に〝天国言葉〟を貼り、気持ちを新たに毎日を迎えるようにしました。部屋に顔を見に来て下さる先生方も貼り紙に気づいて、「これは何ですか？」と興味深そうに質問してくださいます。

「これは、私たちの修行なんです。気づかずに私たちが地獄言葉を言っていたら、注意してくださいね、先生！」

私たちは何度も、天国言葉の説明をしました。病院ですから、そんな不思議なことをする家族は今まではいなかったのではないでしょうか。「面白いことを始めたなぁ」と皆さんに思われていたかもしれません。

また、「修行というからにはつらいことなんだろうなぁ」と思われる方がいらっしゃるかもしれません。でも、つらいことではまったくないのです。ＲＰＧゲームのレベルアップのような感覚で、自分がトレーニングを積んで少しずつ強くなっていく、そんなものに近かった気がします。続けていると逆に楽しくなってくるほどでした。

そして、病棟に移った日の午後のことでした。祥司が病室へ優司に会いに来ました。6月に再入院して以来ですから、二人が顔を合わせるのは4カ月ぶりです。

小学生以下のこどもは感染リスクなどを考慮して病棟には入れない規則なのですが、残された時間の見えない優司には、特例として面会中は個室を締め切ることと、出入りは医療者用の出入り口を使うことを条件に兄の祥司に会うことが許されていました。

最初、祥司はなかなか優司に近づいていこうとはしませんでした。点滴やモニターなどの医療機器がたくさん付いていたうえに、大量のステロイド薬で肺の悪化をなんとか食い止めていたので、優司の顔がパンパンにむくんでいたのでとまどったのでしょう。

「お母さん、優ちゃん、さわっても大丈夫？　痛くないかな？」

「大丈夫だよ。足元や管に注意してくれれば、優ちゃんの手だって頭だってさわってもいいんだよ」

そう言われてもどうしたらいいのかわからず、困ったような顔をして祥司が部屋の中をウロウロするのを、優司はしっかり目で追っています。今までは目を開けるのもしんどそうだったのに、その人が自分の兄だとちゃんとわかるようです。そんな二人の間には兄弟のもつ特有の空気が流れていて、部屋の中はとてもほのぼのとした雰囲気でした。

実は祥司にもＡＤＨＤ（注意欠陥多動性障害）という発達障害があり、コンサータという薬を４歳の時から飲ませています。集団行動が苦手で、幼児期はとても苦労しました。そのかわり、こどもとは思えないぐらいにしっかりしていて、たいていのことはひとりでできてしまいます。優司に突然、不測の事態が起こった時は家でお留守番だってしてくれます。

ただ、そうはいってもまだ7歳の小学2年生です。弟が自分と違うのはどうしてなんだろう、ボクより先に弟は死んでしまうのだろうか、それは自分が何か悪いことをしたせいなのではないだろうか、と考えたことがひょっとするとあったかもしれません。

優司が初めて入院した頃は、ちょうど祥司も小学校に進学するタイミングで、心も体も不安定な時でした。

そんなある日、成育の地下にあるコンビニでおもちゃの車をポケットに入れて持ち帰ってしまったことがありました。私は優司のことで頭がいっぱいだったので、ただ驚いてしまいました。

祥司を連れてコンビニの店員さんにひたすら謝り、「もう二度としない」とその場で祥司に誓わせました。万引きは悪いことだという点にのみ焦点を当て、「こんな大変な時になんてことをしでかしてくれるんだろう」と、大人の都合で祥司を叱った私はとても未熟でした。

幸い、入学した先の小学校の先生方が我が家の事情を理解してくれ、親身になって祥司をサポートしてくださいました。おかげ様で祥司も今は小学校生活に慣れ、週3回通っている空手は大会で入賞するほど、毎日がんばっています。

「空手の強いお兄ちゃんがいる優ちゃんは、いつか小学校に行ってもいじめられないな。祥司が優ちゃんを敵から守ってやるだろ？　優しいな、えらいぞ！」

と、夫は祥司によく言っていました。祥司は照れ臭そうに、でも優司の前で覚えたばかりの空手の型を何度も披露していたことを思い出します。

祥司は他人に合わせるのが苦手ですが、いいところがたくさんあって、とても優しくておおらかです。優司はそんな兄が大好きなようでした。

❖緩和ケアへの抵抗感

私が成育にいる間、お世話になった方々はみなさんとてもすてきな人たちばかりでした。熱意があり、真面目に働いています。その人たちに共通して言えることは、「人の心に灯り(あか)をともせる」ということです。

灯りをともす方法はいろいろありますが、灯りをともしてもらった方は気持ちが楽になり、また前を向いて歩いていくことができます。そして、そのことをずっと忘れないでしょう。

転棟してすぐに前川先生から、ひとりの先生を紹介していただきました。優司が今までかかっていたのは、総合診療科・臓器移植センター・呼吸器科の3科でした。そこに新しく緩和ケア科という初めて聞く名前の科が加わることになりました。

緩和ケアと聞いて思い浮かぶのは、「もう治らない患者の苦痛を少しでも取り除く」といったマイナスのイメージがあったため、はじめは緩和ケア科にかかることに強く抵抗を覚えました。どうしても「良くなることを諦めなさい！」と言われているようで、受け入れがたかったのです。

ですが、そんな気持ちは新しい先生に会うとすっかりなくなってしまいました。

「緩和ケア科の余谷(よたに)です。優司君の体の苦痛をできる限り緩和し、ご家族含め穏やかに過ごせるように、できる限りお手伝いさせていただきます」

と、先生は私を真っ直ぐに見て、落ち着いた声でおっしゃいました。他の先生方と違い、優司の病気を治してくれる先生ではおそらくないのでしょうが、私たちにはこの先生が必要なのだと直感でわかりました。今の優司にとっては、治すことよりも穏やかに過ごすことの方が幸せと同義なのだと思います。

先生はずっと私たちのよき理解者であり、話もよく聞いてくださいました。優司にいま何をしてあげたいのか、すべて包み隠さず話せたのは余谷先生だけだったかもしれません。

いつからか、何かある時には、決まって余谷先生の姿をたくさんの人の中から探すようになっていましたし、心が折れそうな時は先生の前で自分の考えを口にしました。先生はそんな私たちに、朝も夜も時間を割いて付き合ってくださったのです。

優司の苦痛を緩和し私の心をケアしてくれた以上に、先生の人柄と情熱に私の心はいつも灯りをともしてもらっていました。

まず、優司の苦痛をとるために余谷先生がしてくれたことは、モルヒネの調整でした。モルヒネは医療用麻薬であり、痛みだけではなく息苦しさなども緩和してくれることを初めて知りました。

ですが、優司はまだ1歳で言葉が話せません。本当に苦しくないのか、つらくないのか、どうやって苦しみを確認するのだろうと疑問に思っていたので、先生には最初に話しました。

「私は優司に苦しい思いだけはして欲しくないんです。優司に生きていて欲しい以上に、苦しめることだけは望まないということを覚えていてくださると嬉しいです」

するると、先生はおっしゃいました。

「痛みや息苦しいかどうかは、お母さんがいつも優司君のことをよく見ていてくれるからきっとわかると思うよ。もし少しでも苦しそうだったら、モルヒネの量はすぐに増やせる」

そして、持続型のモルヒネの装置を見せながら、

「ここに、押すと規定量が1回だけ出るボタンが付いているので、もしつらそうに見えたら押せばいい。それでも心配だったら何回押してもいいからね。押せる間隔と1回量は決まっているから、何回押しても心配するほどたくさんは身体に入らないよ」

ともおっしゃっていただきました。

「先生、私は心配も不安もありません」

と、明るく返すことができたのは、余谷先生がそうやっていつも私にセーフティーラインをしっかり引いてくれているからだということが、そのうちわかるようになってきました。

「そうだったね。不安はないか！」

先生はニッと笑って、部屋から出ていかれました。

さらに、優司の栄養摂取について前川先生と初めに話すことになりました。優司は今まで、鼻から胃に直接、「胃管」と呼ばれる管を通して1日6回60mlずつに分けて食事をしていました。

60ml×6回は３６０ml、ミルクのカロリー1mlが1カロリーとして、1日の総摂取量はたったの３６０カロリーです。２歳ぐらいの普通の男の子だと９５０カロリーが目安ですから、優司は3分の1ぐらいしか摂れてないことになります。

そのため優司は身長73センチに対して、体重は６・９キロしかありませんでした。腕も足もとても細いのです。

口から高カロリーの固形物が摂れれば良いのですが、嚥下（食物を口から胃まで運ぶ運動）がまだ上手にできない優司は、物を食べた時に、食道を通り胃に行くべきはずの固形物が、気管を通り、肺に入ってしまう可能性があります。

年配の方の死亡原因にもよくあげられる誤嚥性肺炎に万が一なってしまうと、予備体力の低い優司はすぐに死んでしまうでしょう。

では、胃管から入れる量を増やすとどうなるでしょうか。体の中に入った水分は、余分な血管などから染み出して肺に集まってきてしまいます。喘息や肺の病気の方はわかるかもしれませんが、肺はカラッと乾いていたほうが呼吸は楽で、ウェットな状態だとハアハアと苦しくなってしまう特質があるのです。

そのため、優司の体の中の水分量は厳重に管理されていて、必要な最低限度まで抑えてあるのです。

私が非常に心を痛めていたことの一つは、見ための問題です。

こどもにおいしい物をお腹いっぱい食べさせてあげたいという願いは、親なら必ずあると思います。優司は生まれてからミルクしか飲んだことがないばかりか、1日かけて小さなペットボトル1本量しか飲ませてあげることができません。優司の折れそうな足や手をさすっていると、どうしても不憫になってしまうのです。

「でもね、息苦しいというのはとてもつらいことなんですよ。お母さんは見ていてつらいと思いますが、優司君は呼吸が楽だと思います」

前川先生は、そうおっしゃいました。

「はい、大丈夫です。優司が苦しくないのであれば、私も苦しくはありません」

その言葉は嘘ではありませんでしたが、もう一つ心に引っかかっているのは肺移植のことでした。往診に来て下さった岡山大学の先生には、「体格が小さすぎて今はできない」と言われてしまったので、「大きくなるのを待つうちに、優司は亡くなってしまうのではないか」という気持ちが消えず、一刻も早く大きくなって欲しいと思っていたからです。

こんなに栄養を制限していては身長も伸びないし、はたして大きくなるのでしょうか。「なんとか優司を大きくする方法ってないかなあ」と、そばにいた夫に話すと、「優司はそんなに食べなくてもそのうち大きくなるよ、大丈夫！」という声が返ってきました。

「食べなくても大きくなるなんてこと……ない」と私は思いましたが、

「そうだよね、優ちゃんは食事はしなくても仙人みたいに生きていくのかもしれないしね。ほら、〝霞(かすみ)を食う〟みたいな」

私がそう言うと、前川先生も笑ってらっしゃいました。

「あずさの気持ちはわかるけど、優司が苦しんでいない限りは困っていないいんだと思って、楽しくいこう。前川先生も余谷先生もよく俺たちをわかってくれてるよ」

「わかった、ありがとう」

私たちは、あまり細かいことは考えないようにしようと決め、長かった転棟1日目を無事に終えることができたのでした。

✣カーネギーに学ぶ自己重要感とは

翌日、私は1冊の本を病院に持ち込みました。その本のタイトルは『人を動かす』（創元社など）。世界的に有名な本なので読んだことがある人も多いかもしれませんが、今から約100年前にデール・カーネギーによって書かれたビジネス書です。

本を読むことは好きなのですが、久しぶりの読書だったのと、固い内容でしかも文字が多いのでなかなか読み進めませんでした。仕方なく作戦を変え、マンガ版の『人を動かす』を購入し、先に読み始めました。マンガの方はとても読みやすく、内容も理解できたので、その後は活字の方もスムーズに読むことができました。

本の中でも、カーネギーは「人は動かないし、変わらない」と言っています。動かせるのは自分だけであり、相手が何を求め、何を重要視しているか理解し、それを満たしてやれば、こちらが要求しなくても相手は勝手に動くのだ、と。

また、人は自分が重要な人物でありたいという「自己重要感」がとても高い生き物だと書かれています。誰だって自分が主役でありたいし、とるに足らない人物だとは思いたくないでしょう。

「病院では、私たち患者はお客様だよね……自己重要感のかたまりだ」

私はそのことをずっと考えていました。そしてまた、医者である先生も自己重要感が高いのは間違いありません。患者の家族が頼れるのは最後は先生でしかなく、先生も命と向き合っている責任や志によって自分が間違っているとはあまり思いたくないはずです。

何とかして治して欲しいと主張する患者家族の自己重要感と、医者という職を全うしたい先生の自己重要感。それらがぶつかった時に生まれるのが、師の言う地獄ではないだろうか。

優司が良くなるように先生には動いて欲しい。当たり前です。だけど、自分の要求を先生にただぶつけるだけで、先生は動いてくれるだろうか。

ある日、明るい声で中村さん（仮名）という看護師さんが部屋に入ってきました。

「こんにちは、今日の担当の中村です。優司君、調子良さそうですね」

彼女は優司の新しいプライマリー（担当看護師）です。病棟はルーティンで、その日に面倒を見てくれる看護師は変わります。

優司の部屋には誰もいない時でも寂しくないようにと、壁や天井にたくさんの装飾が施されていました。すべて手作りです。中村さんは病院での勤務が終わってから材料を買いに行き、自宅で優司のために作ってくれていたのです。そのことを知った時、「なんて優しいんだろう。本当にありがとう」と感激しました。

それ以来、私も優司も中村さんのことが大好きになったのですが、付き合いが長くなればなるほど中村さんには良いところがたくさんあることに気が付きました。

看護師さんはとにかく1日の業務が多くて忙しいのですが、どんなにバタバタしていても中村さんの口から愚痴を聞いたことがありません。同僚や先生に対しても否定的なことは言わないし、いつでも笑顔で肯定的。まるで成育のマザー・テレサです。

私が読んでいた本にも興味を持ってくれて、「機会があったらぜひ読んでみるといいですよ」とお勧めしたところ、お休みの日に書店で購入し、読み始めたそうです。勉強熱心なのか、私の自己重要感を大事にしてくれたのかはわかりませんが、良かれと思って勧めた本をすぐに読み始めてくれて、とても嬉しかったのを覚えています。

「お部屋にハロウィンの飾りつけもしないとですね！　優ちゃんも優ちゃんのママも仮装してくださいね」

中村さんは仕事の手を止めずに言いました。

「1カ月ずつイベントを楽しんでいると、あっという間に1年が過ぎちゃいそうですよね」と嬉しいことも言ってくれます。

優司がそばにいてくれるだけでも嬉しいのに、当たり前のように1年先の話をしてくれる人がそばにいるのはとても嬉しいことでした。彼女も人の心に灯りをともせる、魅力的な人なのです。

「中村さん、私は先生にこうして欲しいって要求しないようにしようと思うんだ」

私の声に反応して、彼女は手を止めて聞いてくれました。

「その代わりにね、どの人にも優司を好きになってもらえるように工夫しようと思う」

彼女はまた手を動かしながら、「優ちゃんは9階西病棟のアイドルですよ。ううん、成育で優ちゃんを知ってて、応援してる人はいっぱいいますから」と言ってくれました。

さて、他人が私や優司を好きになってくれるにはどうしたらいいでしょうか。考えた末、誰と話をする時にも感情的に話すのはやめ、言葉を選ぶことにしました。

患者としての自分の話だけをしないで、相手の話もよく聞く。つらいからといって、暗い顔をしない。あなたに会えて嬉しいと心から思い表現する。

そのようなことをするとおべっかを使っているとか、媚びてると思われるかもしれないですね。でも、自分の要求や感情をむき出しにする人がはたして好かれるでしょうか？

先生も看護師さんも感情のある人間です。

どちらの方法をとるにせよ、相手を動かしたいと思うのであるならば、私は相手に好意をもってもらい、自らの意志で優司のために動いてもらえるよう、デール・カーネギーの言うことを信じてみようと思いました。

上級の褒め

自己重要感は認められたいという欲求です。その欲求は非常に強い欲求であるにもかかわらず、それが十分に満たされていると思える人は世の中に一体どれくらいいるのでしょうか。

かく言う私も、普通の家庭で普通に育てられました。いいえ、両親とも愛情いっぱいに私を育ててくれたと思います。ですが、三度の食事はきっちり与えてもらえても、自己重要感を満たされて育ったかどうかは疑問です。むしろ、褒められて育ったという記憶は私にはなく、「もっとがんばれ」と言われて育てられたと思います。

そのような家庭が日本にはとても多いためか、日本人は人を褒めるのがとても下手です。褒められるほうも慣れていないせいか、褒められることがとても下手なのです。ですから、人に好かれるには、人を褒められる人間になればいいのだと思います。

「よし、今日から褒める練習を始めよう！」

私は新しい魅力をつけるために、優司の部屋に入ってきた人を必ず、1回は褒めてみようと思いました。褒めたり褒めなかったりを防ぐために、私は紙に書きました。

『この部屋に入ってきた人を褒めないで返さないこと』

人を褒める練習なんて、誰が病院の中で始めるでしょうか？　私は他の人に気づかれないよう、その紙をこっそりと貼りました。誰かに見られるのは、ちょっと恥ずかしい気がしたからです。

練習をスタートしました。これが難しいのです。なぜなら、褒めるところがわかりません。例えば、いつもと同じように業務を続ける看護師さんのどこを褒めるべきでしょうか？

「そうだなあ……手際がよくてテキパキしてるかな。うん、そこだ！」

やっと褒めるところが決まっても、なかなか言い出すタイミングがつかめません。

「褒めるのって難しいなぁ。グズグズしてたらまったく練習にならないよ……ええい、もうタイミングとかどうでもいいから、とりあえず言ってみよう！」

そして、トライしてみました！

「いつも手際が良くて仕事が早いですね」

突然、私がそんなことを言い出したので看護師さんは驚いて動きが止まり、真顔でこちらを向き、

「えっ？　そんなこと全然ないです。私なんていつも何かしら遅れてあとが詰まっちゃうんですよ」との返事が来ました。

褒められた時に素直に喜べる人はなかなかいないと思います。ですが、よく見ると看護師さんは嬉しそう。たとえ慣れていなくても、褒められると人はやはり嬉しいに違いありません。

一度褒めることができたので、そのままどんどん練習することにしました。

「次は、名前を呼んでみよう。名前を覚えられるということは、相手に認めてもらえていることだと思うからね」

「～～さん、髪の毛がサラサラできれいですね」

「～～先生はいつも説明が丁寧でとてもわかりやすいです」

私は少しずつどこを褒めたらいいのかわかるようになってきました。基本的に成育の方々はいいところがたくさんあるので褒めやすいのです。

ただ、褒めるタイミングは相変わらずうまくありませんでした。話の区切れやちょうどいい時を待っていると褒めるチャンスを逃してしまったり、妙なところで急に褒めて、不思議そうな顔をされることもありました。

ですが、壁の貼紙とベッドの上の優司が私のことをジーッと見ています。言おうか言うまいか迷ってしまった時は、「言うんだ、私！」と自分を叱咤し、なんとか午前中いっぱいは褒める修行を続けました。

「ふぅ、なんとかがんばったよ、優ちゃん。ママどうだった？」

優司にそう聞いてみると、

『いいんじゃない、ママ。これからも続けてね』

と返事が来たような気がしました。

「お顔が可愛いですね！　ママの修行がわかるなんてお利口さんですね」

とっさに優司への褒め言葉が頭に浮かんだので、私は思わず笑ってしまいました。

こうしてみると、たとえ病気であっても優司には褒めるところがたくさんあります。

師は教えてくれました。

「人の良いところを見つけて褒められるのは中級だよ。褒めることができない人よりは魅力があるよね。だけどさらに上級の褒めっていうのがあるんだ」

〝上級の褒め〟……？

「そう、上級。それはね、良いところがなくても褒めるんだよ。良いところが見つかりにくい人は、普通の人よりさらに褒められ慣れていないんだ。だから、褒められるとパッと心に灯りがともる。そうすると、また褒められたいと思ってその人はどんどん良くなるんだ。そして、褒めてくれた人の期待に応えたいと思うようになる」

〝良くなくても褒める〟……？

「嘘をついて褒めるってことではないよ。褒めるところなんて、人がどう感じたかなんだからどこだっていいんだ。笑っていない人に〝笑顔がすてきですね〟って言ってはダメという法律はないよね」

なるほど、要は人の心を明るくしてあげられるなら、どこを褒めたっていいってことなのでしょう。

上級の褒めか！　褒める修行はこれからも続けていこうと、私は思いました。

その日、私は家に帰ると祥司に向かって、「脱いだ靴下がちゃんと洗濯カゴに入れてあっていいね」と言ってみました。でも、私の足元には祥司の脱ぎ捨てた靴下が……。

祥司は不思議そうな顔をして、靴下をカゴへ入れました。きっと、「入れてないのに何で？」と思っていたことでしょう。私はニヤッと笑って、「宿題、ちゃんとやってあるなんて毎日がんばっているね」とさらに褒めました。

いつもだったら、「靴下をちゃんと片付けなさい！　宿題やったの？」と言われるのに、何故だかわからず、褒められた祥司は怪訝(けげん)そうな顔をしながらランドセルの中の宿題を取り出しました。

この〝修行〟はなるほど、奥が深そうです。

✣心の針を上向きに

修行の成果が出ているのでしょうか。余命宣告をされていた優司の状態がスルスルと良くなっていき、なんと明日にも死んでしまいそうだった優司の顔色が、だんだんと良くなってきました。

嬉しいことはさらに続き、身体が楽なのか、家にいた時と同じようにニコッとまた笑うようになったのです。数カ月ぶりにその笑顔を見た時、私は嬉しくて、

「優ちゃんもう一回見せて！　もう一回！」

と、思わずはしゃいでしまいました。

前川先生も余谷先生も温かく見守ってくれています。中村さんは、「優ちゃんが１

回笑うごとにカレンダーに正の字を書いていきましょうか。私たち看護師も優ちゃんを笑わせられたら、正の字の横に名前を書いていくので」と言って、コルクボードに手作りの〝優ちゃんを笑わせようカレンダー〟を作ってきてくれました。

どうやら、神様は私にチャンスをくださったようです。そうなると、俄然、修行にも力が入ります！

病院だけでなく、家でも家族で天国言葉を使うように心がけていたのですが、私のまわりにはその頃良いことがたくさん起こり、家族の仲は前以上に良好でした。

ですが、たまにちょっとしたことに腹を立て、夫に地獄言葉を使ってしまった時はとても気分が悪くなりました。モヤモヤした気持ちのままで病院へ行くと、不思議なことに決まって優司の体調が良くないのです。

「原因がわからないんだよね。レントゲンと念のため血液検査もしてみたけれど、特に変わったところはないし……」

前川先生が首をかしげても、私には何が原因なのかよくわかっていましたので、

「優ちゃんごめん、ママに〝それ違うよ〟って教えてくれたんだよね。ありがとう！」

とお礼を言い、夫には、「ごめんなさい、ゆるしてくれる？」とメールを打ちました。

もちろん、夫の返信は決まっています。

「ゆるします！」

優司の病室には、主治医である前川先生、緩和ケア担当の余谷先生らに加えて、回診で来てくださる先生、医療事務の方、私たちの生活をサポートしてくださる専門職の方などが毎日、訪れてくださいます。

ただ、中には少し気になる言い方をされる先生もいらっしゃいました。

その先生は久しぶりに優司を見たせいか、目をウルウルさせて、「優司君、痩せちゃいましたね……」と何度も私に言うのです。きっと私に共感してくださっていたのかもしれませんが、楽しい気持ちにはなれませんでした。

また別の先生は、「優司君、いまのところ調子は横ばいかな。肺が悪い子はねぇ、一般的に……」と、今後予想されるリスクを丁寧に説明してくださいました。私もなんとか肯定的に受け止めようとしてはいたのですが、否定的な部分にばかり気持ちが向いてしまい、なかなか気持ちの切り替えができません。

「わかってるよ、そんなことぐらい私だって！」

私は、なんだか悔しい気持ちでいっぱいになってしまいました。

「優ちゃん、抱っこだよ」

私は優司を慎重に抱き上げました。今日も調子が良い優司は、嬉しそうに私の髪の毛をひっぱります。私の頬にも優司の柔らかな髪の毛がかかり、優司の匂いがしました。身体は温かく、体重は軽いけれど命の重みは感じられます。

「優ちゃん……」

私は思わず涙をこぼしてしまいました。嬉し涙しかもう流さないと決めていたのですが、その時のはどちらの涙なのか、自分でもわかりませんでした。

「ダメだね、ママは……こんなことぐらいで心の針を下にしちゃって。修行、がんばらないとね！」

そう言って、優司を抱きしめました。私がこの子と一緒にいるためには修行を決してやめることはできないのです。

〝心の針〟というのは、師から聞いたたとえ話です。人の心には時計のような12時間の針が付いていて、12時ちょうどの向きに針を向けていると上機嫌で良いことがたくさん起こるのですが、さっきのようにいやなことがあると針は６時の方へ向かって下がってしまい、ますますいやなことが起こるというのです。

ささいなことで心の針はすぐに下がります。いつも上向きにしているためには努力が必要で、自分の機嫌は自分でとらなければなりません。

修行をしていると、それを妨害しようとする人が突然、現れることがあります。せっかく天国言葉で話していても、かぶせるように地獄言葉を使ってくる人はどこにでもいますよね。そういう人とはサッと距離を取れればいいのですが、関係上そうもいかない場合だってあります。

さきほどのように、病院の中でさえ地獄言葉とは無縁ではありません。心配、恐れ、不安、泣き言、愚痴、不満などといつも隣り合わせです。

「蓮の花をイメージしてごらん。蓮は泥水のようなところからだって芽を出して、きれいな花を咲かせるんだよ。だけど、花には泥がまったく付いていない。今いる場所がどんな場所だとしても、泥なんか気にしないで自分の花をきれいに咲かせるんだ」

師がある日、そう教えてくれました。それ以来、誰かに否定的なことを言われた時、私はある言葉を使うように心がけました。

「そうだよね、わかるよ」

相手に何か言われた時、以前の私なら自分の考えを全力で言い返していました。その結果、どちらが正しかったとしても双方にいやな気持ちは残り、その結果、心の針は下がってしまいます。

ですから自分がどんなに正しいと思っていてもグッとこらえて、ひと言目に「そうだよね、わかるよ」という言葉を付けるようにしました。すると相手は、聞いてもらえた、共感してもらえたという満足感でそれ以上はいやなことは言ってこないのです。

私もいやな思いをすることなく、話を終えることができますし、共感はしているもののの賛成しているわけではないので負けた気分にもなりません。

「そうだよね、わかるよ」は、魔法の言葉です。誰にでも使えましたし、威力も抜群です。

日頃から夫も私によくこの言葉を使ってくれていますが、一度クッションで受け止めてしまうと、地獄言葉を言う人もそんなに恐れることはないのです。

「こんにちは〜、優ちゃん」

元気な声がしたので、振り向くと保育士さんが部屋に来られていました。先週から、優司にも楽しい時間を、私には休憩時間をと、週1回、保育士さんが工作などを優司と一緒にしてくれることになりました。

その後、優司はいろいろな作品を作ることになります。手に絵の具を塗って手形を取ったり、季節に合わせた創作を枕元に飾ることもしました。

「休憩してきてもいいですよ」と言われるのですが、優司がシールを貼ったり、ペンを握る姿を見ているのがとても嬉しかったので、一緒に部屋でその様子を眺めていました。

もうすぐ優司も2歳です。普通の2歳だったらそんなことは普通にできるのでしょ

う。良くなるまではそんなことできないと思っていた私は、目の前で一生懸命、何かを作ろうとする優司を見ていると、

「良くならなくたって、優司はいろいろなことができるんだなぁ」

と、とても幸せな気持ちになりました。保育士さんが優司のことも、ひとりのこどもとして普通に接してくれるのがとても有り難く感じたのです。

今日も優司はプリンの空きカップを使って、2つの玩具を作りました。中心にシールが貼ってあり、優司がマジックで目を書き込んでいます。シールからはグリグリと書かれた目がはみ出ています。こどもらしい姿に、思わず目頭が熱くなりました。

「病棟に上がって、本当に良かった」

私たちを支えてくれる人たちあっての、幸せな生活です。

✣幸せの道

窓から見える成育の庭園は、秋の色づきを経て、すっかり冬の景色になっていきま

した。部屋のカレンダーはもう12月です。

優司は12月26日を迎えると、２歳になります。優司が生まれてからそんなに経つのですが、まったく実感がありませんでした。あっという間でもあり、まだ2年なのかという気持ちでもありました。

その頃私は、「幸せ」とは一体、いつ手に入るものなのか考えていました。例えば、どこか目指す場所があったとして、そこに向かっているとします。そこに到着したら、幸せはやっとスタートするのでしょうか。

目指す場所は人によってさまざまで、病気を治して家に帰ること、欲しい資格を取ること、好きな人に振り向いてもらうこと、いま取り組んでいる仕事が成功すること、受験する学校に合格すること……などなどあるのかもしれません。

辿り着くと幸せになれるはずと思いながら、みんなそこに向かって歩いていきます。でも、もし辿り着けなかったら？　人は幸せにはなれないのでしょうか？　目指す場所が遠ければ遠いほど辿り着ける人はいなくなります。

もし辿り着けたとして、その幸せの気持ちはそれから先ずっと続いていくものなのでしょうか？　ひょっとすると一瞬だけ？　また次の目指す場所を新たに作って、そこに向かって歩き出すのでしょうか？

私は頭が混乱してきたので、夫にその話を聞いてもらいました。夫が言いました。

「幸せな気持ちになれる時間が、やっと辿り着いたほんのちょっとの時間だけだったとしたら、人生で幸せな時間ってあまりないことになるね」

私は苦笑いしながら、言いました。

「そうだよね……優司なんて〝病気が治って家に帰ってからでないと〟とか考えてたらいつまでたっても幸せにはなれないよね。それにね、退院できたとしても今度はきっと他の2歳の子と優司を比べて、あれができない、これができないなんて悩みだすんだよね、私」

夫は大きく頷いていました。私は優司の笑顔カレンダーに正の字を書き加えながら、言いました。

「結局さ、人生はいつも今の積み重ねなんだよね。今すぐここで幸せになれればいつもいつも幸せなんだよね。今が楽しい、今が楽しいをずっと続けていきたいよね」

今日も優司は二度、笑ってくれました。

一度はお風呂の時に、「優ちゃん、気持ちいいねぇ」と言って頭を撫でてあげた時……。

もう一度は、誕生日の当日に着せる予定で買ったサンタクロースの衣装を私が嬉しそうに見せた時……。

「毎日、その日を楽しく生きることを考えよう。明日のことは考えないで！」と、私は優司の笑顔を見た時、とても幸せな気持ちなりました。

師は私たちに教えてくれています。

「幸せとは向かった先にあるのではなく、その向かう道のことを言うんだよ」

それを聞いた時、私は目から鱗でした。

「人生の大半は、そこへ向かっている道の状態。だからその時間を幸せに過ごすことが、人生いつも幸せで過ごす秘訣なんだよ」

私はそれまでは勘違いしていました。何かを得た時に幸せになれるのだ、と。でも、それよりも今を幸せに思えるように力を使うことの方がよっぽど簡単だと思いませんか？　自分が歩いてきた後ろに幸せの花がたくさん咲いている……それこそ幸せの道です。

カレンダーに毎日、正の字が順調に増えていき、とうとう12月26日になりました。今日は優司の2歳の誕生日。優司はサンタクロースの衣装を着て、頭には2と数字の付いた王冠をかぶっています。私がこの日のためにフエルトで作ったのです。私は裁縫が大の苦手なのでかなり苦戦しましたが、作っている間にも優司の笑う顔が目に浮かんできて、とても幸せな時間を過ごすことができました。

大勢の方が優司の部屋に、「おめでとう！」と訪れてくれます。誕生日カードもたくさんいただきましたし、看護師さんたちがタオルケーキを作ってくれ、みんなで写真を撮りました。

私と夫が左右を支え、優司はグッと胸を張り、中央に座っています。あとで写真で見ると、病人とは思えないほど優司の目には力があり、威風堂々、王様の冠にふさわしい姿で写っていたので、夫と二人で笑ってしまいました。

「優ちゃん、やっぱり何も困ってないんだね」
心配しなければ、悪いことは何も起きません。

❖私は観音菩薩

優司の誕生日の翌日は、祥司の誕生日でした。８歳になった祥司を連れて夜はお祝いに食事へ出かけたのですが、並んで歩くと祥司がとても大きく感じました。すでに128センチもあるようで、私とは30センチも違いません。体重も30キロを超えていて、「元気に大きくなっているんだなぁ」と、とても嬉しく思いました。

そのあとはバタバタと大掃除をし、年越しを終え、新しい年になりました。成育で迎える２度目の元旦です。今年も優司と一緒に迎えられて、本当に幸せです。今年も天国言葉の修行をがんばります、そして、人の心を明るくできる人を目指します！

私たちは自営業なので、年末年始も休まず仕事がありました。私は自宅でお洋服をインターネットで販売する仕事をしています。昔から可愛いお洋服が大好きだったので仕事はとても楽しいです。でも、そもそもおしゃれとは一体、誰のためにするものなのでしょうか？　もちろん自分のためですよね。お気に入りの服を着れば、気持ちがワクワクして心の針が上になりますからね。

でも、人の心を明るくすることを意識するようになってからは、私のことを見る人たちのために服を選ぼうと思うようになりました。自分自身の姿を見る機会は鏡や写真ぐらいですが、一緒に自宅で別の仕事をしている夫は私よりも長い時間、私のことを見ています。病院の看護師さんも優司も私より長い時間、私のことを見ています。

そこでまず、私は暗い色の服を着るのをやめました。あと、ちょっとしたアクセサリーをいつも付けるように心がけました。小ぶりなものではなく、人に気が付いてもらえるような、高価でなくても、できるだけ大きくて華やかなものを選びました。

病院に行くからといって、黒や灰色といった落ち着いた色でなければという決まりはないですし、アクセサリーがいけないというルールもないのですから。

「そうはいっても、ＴＰＯがあるでしょ」と以前は思っていたのですが、よく考えてみると「つらい人がつらい顔をしていると、余計に心配させてしまうのではないかな？」と思うようになり、センスを疑われるようなあまりにも派手すぎる服でなければＯＫ！にすることにしました。

誰だってオシャレで前向き、すてきな人といつも一緒にいたいだろうし、見ているだけで明るい気持ちになれるのではと思ったからです。

さて、少し仏教のお話になりますが、仏教の中で一番上の位は如来様です。悟りを開いた如来様は、誰もが知るすばらしい人なので、着飾る必要はなく、装いは布一枚でとてもシンプルです。

次に位が高いのが菩薩様です。菩薩様は華やかな格好をして装飾品をたくさん身に着けています。そうしているのは、まだ修行の身の菩薩様は相手に自分の良さを内面だけではなかなか伝えられないからだ、という説があるようです。

人はまず、初対面の人を見た目で判断します。いくら内面が素晴らしくても、最初はそんなことはわかりません。

「この人はどんな人なんだろう？」

まず、外見で判断して、次にやっと中身に目を向けていきます。もちろん、人に好かれるには内面を磨かなければなりません、でもそれと同じくらい、中身に目を向けてもらうためには外見が大切なのだと思います。

私は優司が調子のいい日はもちろん、調子の悪い日でそんな気分になれなくても、なんとか明るい色のお気に入りの洋服を着ていくよう心がけました。

朝はとても忙しいので、習慣になるまでは気を付けないとオシャレをすることを忘れそうになったこともありましたが、

「優ちゃんもオシャレなママの方が好きだよね？　優ちゃんに〝その服いいね〟って言ってもらえたら、ママすごく嬉しいなぁ」

と、服を選びながらよくそんなシーンを想像して選んでいました。

「お母さんのお洋服、いつもすてきですね。スカートの色もとっても良く似合ってますよ」

総合診療科の生駒（いこま）先生が今日も私を褒めてくれました。生駒先生は主治医の前川先生とは別に、副主治医として付いてくださっている総合診療科の女性の先生です。私

は生駒先生が大好きでした。

生駒先生は毎日欠かさず、優司に会いに来てくれ、私たちのことや先生が前に働いていた海外の病院のことなど、昔からの友人のように楽しく話をしてくれました。

「先生、優司に何かあっても私たちは大丈夫だと思っているので、先生も一緒に〝心配しない修行〟をやってください。〝ついてる〟から大丈夫ですよ！　って言ってください。医者だからそんなこと言えないなんて思わないで、一緒にやってくださいね」

と、私は先生にもお願いしました。

根拠もなく、「大丈夫ですよ、ついてますから」なんてお医者さんが言えるわけないのでしょうけれど、生駒先生はそれが私の希望だと理解してくれて、優司の体調が悪い時でも、「優司君は大丈夫です。でも、何かあったらすぐに呼んでください。いつでも飛んできますから！」と力強く言ってくださいました。

そして、いつも私の洋服が似合っていて、すてきだと褒めてくれるのです。病院の先生に、洋服がすてきだと言われたのは初めてだったので最初はちょっと驚きましたが、先生は毎日毎日褒めるのを欠かさなかったので気が付きました。

「ああ、この先生も人の心に灯りをともせる人なんだなぁ」、と。

生駒先生が成育での任期を終え、別の病院に移られる時、先生は私を抱きしめて言いました。

「優司君とお母さんから私はたくさんのことを学びました。こどもが幸せに生きるとはどういうことか、わかったような気がします。私もがんばりますので、お母さんもがんばってくださいね」

先生の目に私たちがそのように映っていたのだとしたら、とても嬉しいことです。

「優司君に何かしてあげられるわけではないし、病気を治してあげられなくてごめんなさい」

先生が私たちの担当になってすぐの頃に、そう言って謝ってくださったことがありました。確かに病気は治らなかったけれど、先生は私たちの心をいつも明るくし続けてくれました。生駒先生のような方が日本の病院にたくさんいてくれるといいなぁ、と思います。私も優司も先生のご活躍を楽しみにしております。

❖優ちゃんをゆるします

２月になりました。寒いと思ったら、いつのまにか窓の外には雪がちらついていました。

最近、優司は歯ぎしりを覚えました。何かいやなことがあるからとギリギリとするのではなく、一日中ずっとギリギリと歯を鳴らすのです。

歯科の先生が優司を診察に来てくださり、「歯が削れているね、すごい力だ。でも、これは乳歯だからいずれ生え変わるし、マウスピースをするほどでもないかな。それよりも優司君が何を不快に思っているのか、その原因をなんとかしてあげるといいと思いますよ」とおっしゃいました。

「優ちゃん、何がいやなの？　今日もずっとギリギリしていて、ママ聞いてて頭が痛くなっちゃうよ」

と、思わず優司に愚痴を言ってしまいましたが、「アッ！」と思い、あわてて言うのをやめました。でも、歯ぎしりって聞いていて気持ちのいいものではありませんよね。看護師の中村さんにどうしたものか、と相談しました。

「優ちゃん、2歳になって〝いやいや期〟なのかもしれないですね」

中村さんが嬉しそうに言います。えっ、いやいや期？　優司が？

確かに2歳は一般的に〝魔のいやいや期〟なんて言われているし、そういえば祥司もその頃は何にでもいやいやしていたっけ。そうかぁ、優司も他の子と同じ時期に同じようなことをするんだね。

私は、優司のことを自分の子というよりは神様からお預かりしている神聖な存在だと最近は思うようになっていたので、おかしなことですが、人の成長過程が優司にも普通に訪れたことに驚いてしまいました。

「よしっ、私も優ちゃんの気持ちをもっと理解してあげられるように2歳のこどもの勉強をしよう！」

私は役に立ちそうな本を探し、毎日読み始めました。そのうち、〝ギリギリ〟は言葉の話せない優司の表現手段の一つであり、表現できること自体が楽しくて嬉しいのではないかと思うようになりました、不快だから歯を鳴らしているというのはこちらが勝手に決めているだけであって、本当はそうではないのかもしれません。

そう考えると、一生懸命ギリギリしている顔もその音さえも、愛しく感じられるようになってきました。

「優司君は、お母さんとのコミュニケーション手段をいろいろ探しているのかもね」

余谷先生が病室で優司を眺めながら言いました。

「最近、物をポイッと投げることあるよね。あれは、投げるのを楽しんでいるんだけれど、投げた物をお母さんが拾って優司君に返したとする。すると、優司君はまた投げるかもしれない。そうやってお母さんの反応を見て、こうするとどうなるっていうのを少しずつ経験して覚えていくんだよね」

優司は手に届くところにある医療物品を床に投げる遊びが大好きになり、看護師さんに使い終わったシリンジ（注射筒）を欲しいとねだり、受け取るとすぐに投げ捨てて相手の反応を見たり、私が抱っこしていても物品の入っている移動用の棚が気になるのか、抱っこする腕からすり抜けようとして暴れたりしていました。

４カ月前は明日をも知れない状況だったのが嘘のように、私たちは毎日を楽しんでいました。天国言葉を使っている限り悪いことは起こらないというのは本当でした。

さて、天国言葉の一つに、私が何だったか忘れて、いつもすぐに出てこない言葉がありました。それは何だと思いますか？

「ゆるします」です。

他の言葉はスラスラ出てくるのですが、どうしても「ゆるします」のところで、「あれ、何だったっけ？」とつっかえてしまうことがありました。師は、「その人の一番苦手なことがつっかえて出てこない言葉なんだよ」と言っています。「ゆるす」……難しいですね。ゆるせないから人は苦しむのです。

人が集まると、「誰々がゆるせない」、「何々がゆるせない」という話題になりますし、仕事でもあの上司が、あの部下がゆるせない……何かと私たちはゆるせない生き物なのです。

私も夫にそうでした。時間通りに帰って来なくてゆるせない、二人で決めたルールを破ってゆるせない、携帯に連絡がなくてゆるせない……小さなことですが、そんなことがゆるせなくて数日、不機嫌だったこともよくありました。その間はとてもではありませんが、幸せを感じることはできませんでした。

言い争いをして、「もうゆるせない！　離婚してやるんだから！」と思ったことも何度かあります。いま思い出しても、原因は何だったのか覚えていません。でも、この世で一番大切な夫と別れる方が良いことぐらい、ゆるせないことでは絶対になかったはずです。

私はこの「ゆるします」に正面から向き合ってやろうと思い、徹底的に取り組むことにしました。もちろん、犯罪のようなことはゆるす必要はありません。法律で決められている万人共通のルールですからね。

ゆるせないと思うようなことに遭遇した時は、1分間、目を閉じることにしてみました。目の前が真っ暗で、自分の心の声が聞こえてきます。声を冷静に聞いていると落ち着いて判断できるようになり、1分たって目を開けると、

「ゆるします（心の声↓〝もう、やんなっちゃうなあ……でもゆるすよ、うん〟）」

と、少しずつ言えるようになってきました。それができるようになってからは、夫

との揉めごとはほとんどなくなりました。自分が絶対に正しいと思っていても、それは大切な人を傷つけてまで押し通すほどの重大なことではたいていありません。そして、ゆるされた方は重ねて攻撃してくることはありません。自分の身を守ることが必要ではなくなりますからね。

「ゆるします」ができるようになると、いいことは他にもありました。優司への見方が変わったのです。どういうことかというと、「病気の優司をゆるすことができない」、それが「ゆるせる」ようになりました。

「優ちゃん、病気でもいいんだよ。ゆるします」

初めて口にして言えた時、私はスーッと気持ちが楽になったことをはっきりと覚えています。もうゆるしているのですから、病気が治っても治らなくてもそんなことはどちらでも良いのです。

「今までゆるせなくてごめんね、ママは優ちゃんのことが大好きだよ」

と、心から言えるようになりました。とても幸せな気持ちです。

病気を治すはずの病院の中で、「病気であることをゆるします」と言うのは変な親だと思われるかもしれません。ですが、ゆるすと間違いなく楽になりますし、ゆるしてもらえたほうはもっと楽になります。お互いに幸せ……。

そうは言っても、どうしてもゆるせない人やゆるせないこともあるでしょう。そのことに気を取られている時間がつらいのはわかってはいるけれど、どうしてもゆるせない。「自分はどうしてゆるすことができない人間なんだろう」……そう思ってもいいのです。

そういう時は、「ゆるすことができない自分をゆるします」と言ってみてください。楽になりませんか？

「先生、病棟の中だけでも構いません。優ちゃんとお散歩はできませんか？」

私はそんなことができたら楽しいなあ、とワクワクする気持ちで余谷先生に相談をしました。

「ちょっとまだ散歩は難しいかもね。その代わり、優司君のバギーに乗ってお散歩の練習をしてみるのはどうかな？」

部屋にしばらく置きっぱなしになっていた優司専用の立派なバギーを指して、先生は言いました。

そのバギーは、優司が初めて成育を退院をする時に呼吸器や酸素ボンベなどをすべて積み込めるように特注で作ったものです。在宅中はお散歩に外来にと大活躍してくれ、私たちはとても大切に扱っていました。それが再入院してからは出番がなく、部屋の同じ場所に置かれたまま、静かに優司を待っていました。

「とてもいい考えですね！　呼吸器の回路が届く範囲は部屋と廊下の境目くらいでしょうか。そこまでならバギーで行ってもいいですか？」

私はバギーにまた優司が乗れることがとても嬉しくて、早速その日の午後やってみることにしました。呼吸器が優司から外れないように慎重に……。

そっと抱き上げた優司をバギーに乗せてベルトを締め、タイヤのロックを外し、少しずつ動かしました。優司は自分が動いているのにびっくりしたのか心拍がやや早くなりましたが、すぐに落ち着いて足をパタパタし始めました。どうやら喜んでいるようです。

「優ちゃん！　お部屋の外に出られたね」

私は呼吸器回路が届くところまで来て、タイヤをロックして、嬉しくて優司に声をかけました。次に部屋の外に出られるのはいつだろうか？　散歩はできるようになるだろうか？　退院できる日がいつか来るだろうか？　そう思わない日はありませんでした。

ですから、優司がバギーに乗って部屋と廊下の境目に身を置いているのを見ていると、

「ああ、修行を始めて本当に良かった。ひょっとすると良くなって、いつか外に出られる日が来るかもしれない」

暗い洞窟の中で光を見つけたような気持ちになりました。

「優ちゃんが廊下に出てるぅ」

看護師さんたちも気づいて、いつの間にか優司のまわりには人だかりができていました。廊下を行き来する知らない先生たちもニコニコしながら、優司を見て通り過ぎていきます。

ふと気が付くと、優司は歯ぎしりをしていませんでした。優司のまわりにいる人たちが、代わる代わる声をかけてくれることで優司の自己重要感は満たされ、心に灯りがともっているのが私にもわかりました。

『これ、ボクのバギーだよ。おうちで使ってたの』

とでも言いたげな顔で、得意そうにバギーに座っています。窓の外は本格的に雪が降っていましたが、私の心はホカホカの肉まんよりも温かで上機嫌でした。

✣正しいことより楽しいことを

私は病院に毎日9時に来て、15時に帰ることにしています。優司と一緒にいられる時間は6時間――。

その6時間のあいだにすることは、毎日ほとんど同じことの繰り返し。でも、つまらないとはまったく思いませんでした。同じことを優司と繰り返せるなんて本当に有り難いと思っていました。変わったことをすると、この幸せな生活が崩れてしまうのではないかと思っていたのもあったかもしれません。いつも同じように同じことをしていました。

朝、病院に来て、優司の着替えを引き出しに補充して、部屋に置いてあるアロマ加湿器をつけます。

「お母さんが部屋にいる間だったら使ってもいいですよ」

と、９階西の師長が使用を許可してくださったので、優司の部屋はいつもアロマの爽やかな香りが漂っていました。香りは人によって好みもあるので強すぎないよう注意していましたが、優司の呼吸が少しでも楽になるように〝ティートゥリー〟という呼吸器系に作用するすっきりとした香りをいつも使っていました。

そして、午前中に優司の体をきれいにします。病棟のお風呂には行けないのでベッドの上にお湯を用意してもらい、頭を洗って体を拭くのですが、優司を見に来てくれた人が優司のことを好きになってくれるよう、いつもピカピカにしておこうと毎日、張り切ってきれいにしていました。

その甲斐あってか優司はいつも清潔で、長い間ベッドで生活していても皮膚がただれたり、赤くなったりすることはなく、ボディーオイルでせっせとケアしていた肌は、しっとりとしていてとてもきれいでした。

そのあとは部屋で、私のお昼ごはんです。病棟で飲食は禁止なのですけれども、「匂いの強いものでなければいいですよ」と食事をすることも許可されていました。おかげで大急ぎで部屋を離れて食事を済ませてくることもなく、優司のそばでゆっくり食事をすることができました。

優司は私が何かを食べようとすると決まって歯ぎしりをしていたので、「これはきっと、〝ボクも食べたい〟のギリギリだな」と私は察し、優司から見えない所で食事をしながら、「優ちゃん、ママここにいるよ」と優司の相手をしていました。

たまに隠れるのを忘れて目の前で食べてしまうと、真っ赤な顔をして優司は怒っていたのがとても可愛いかったです。

食事が終わると、優司のベッドで一緒にお昼寝をします。こどものベッドに大人が寝ることは成育では許されてはいませんが、それも特別に許可をいただいていました。

1日の中で、この時間が私は一番、大好きでした。顔と顔がくっつきそうなくらいピッタリと寄り添ってベッドに寝転ぶと、身体の温かさと呼吸が感じられて、優司への愛しさが止まることなく込み上げてきます。

今まで、こどもと添い寝をすることがこんなに幸せだとは思いもしませんでした。祥司の時も横に一緒に寝ていると幸せだったのですが、優司の場合は、もしかすると一緒にいられる時間に限りがあるかもしれないから、一瞬でも見逃したくなかったのだと思います。可愛い仕草も匂いもひとつ残らず間近で見て感じて、覚えておきたかったのだと思います。

ある日、夫がお昼寝の時間にソーッと入ってきて写真を撮ってくれました。

「いい写真だなぁ……見てごらん」

夫が写真を見せてくれましたが、自分でもびっくりするくらい私が幸せそうな顔をしていたので驚きました。寝ている時が一番の心休まる時でした。

夫は優司の体調が落ち着いてからは午後2時に来てくれて、1時間だけ優司と遊んで帰ります。

「ごめんね、司さんももっと優ちゃんと一緒にいたいよね」

でも、夫は笑って言ってくれました。

「いいんだよ。優ちゃんはあずさのことが一番好きなんだし、2人が幸せそうにしているのを見るのが俺もすごく幸せなんだから」

1日を振り返ってみると、私たちは病院の方々にとても良くしていただいていたことに改めて気が付きます。誰もがそのように恵まれた環境にいるわけではないことはよくわかっています。だからこそ、不満や愚痴は絶対に言わないと誓っていますし、今ある物に誰もがわかるように感謝するように努めています。

そうすると、神様はもっと私たちによくしてくださいます。「有り難い」と感謝して受け取ることは、とても良いことなのだと思います。

また、自分以外の人がよくしてもらっていたり、いいなあと思うようなことをしている時に妬んだり羨ましがってはいけません。そんな負の感情を抱くよりも、「良かったね」と心から喜んで声をかけてあげると、神様はそれをちゃんと見ていて、次は同じようなすてきなことが自分たちに廻ってくるのです。

「この部屋もだんだん狭くなってきたなぁ」

物と物の間をすり抜けて、隅っこの椅子に座りながら、夫がおかしそうに笑いました。必要のない部屋備え付けの物はどんどん端へ追いやられていましたし、優司の目に入る範囲の物は家から持ってきた優司の私物に統一していました。

先生が立つスペースは最低限になってしまっていました。もうここはこども部屋といってもおかしくないほどに物があふれています。

また、部屋の壁には私たちが絵の具で書いた優司が好きな〝はらぺこあおむし〟の絵、中村さんが作ってくれた季節の壁飾り、優司の作った創作物、笑顔カレンダー、天国言葉などがところ狭しと飾ってあり、たまに優司の様子を見に来てくださる先生たちは部屋の明るすぎる雰囲気にびっくりしていました。

「この部屋だけ、病院じゃないみたいだね！」

部屋でアロマを炊いたり、食事をしたり、処方以外の薬やボディーオイルを塗ってあげたり、添い寝をしたり……。それらが病院での正しい過ごし方なのかはわかりません。正しいことではなかったかもしれません。でも、私たちは優司に楽しく暮らして欲しかったので、いつも楽しいと思えるかどうかを優先していました。

ただ、勝手に何かをしたことはありませんでしたし、いつもそうしたいと思う前にまわりの方々が私たちに温かく手を差し伸べてくれていたと思います。

師は言っています。

「いいかい、正しいことより楽しいことだよ。人の心を明るくするには、どちらがその人にとって大切か。迷った時はどちらが楽しいか考えれば答えはすぐに出てくるんだ」

私もそう思います。〝人に迷惑をかける楽しい〟は本当の楽しいではありませんので、そんなことはしていません。「正しい」ことが必ずしも必要ではないのに比べると、「楽しい」は幸せになるためには誰にでも必ず必要なのだと私は学びました。師長をはじめ、成育の人々に本当に感謝しています。

ちなみに、私の夫は「楽しい」を大事にして生きてきた人です。サラリーマンになったことは一度もありません。さかのぼって話を聞くと、中学校の時は部活も途中で辞めたそうです。1週間、ゲームしかやらずに学校に行かなかったそうです。「強制的にやらされるのであれば、マラソンのような苦しい運動は早々に歩く」と宣言しています。

出会った頃は、「俺は自分が楽しいと思うことだけして生きていきたいんだ」などと言っていましたので、「何それ？　そんなアリとギリギリスみたいなこと言って。あとで困るからね」なんて私は思っていましたが、修行してみてからは、夫の言うことはあながち間違っていないのではないかと思うようになりました。

夫が今まで何かに困っている様子はありませんし、仕事もおかげさまで順調、お金持ちではありませんが、私たちは暮らしには困っていません。さらには、優司が病気であることにも最近は困らなくなりました。

「楽しい」はとても大切な感情なのです。私は祥司にも優司にも、「いやなことは無理してやらなくてもいいんだよ、楽しいことをやってごらん」と言ってあげようと思います。「楽しいと思えない苦労」の先にあるのは幸せではなく、ひたすらただ苦労なのだと思います。

第3章

葛藤

夜中の電話

3月、とうとう春がそこまでやってきました。優司を連れて桜が満開の砧公園に行ったのを思い出します。

手作りのお弁当を食べたあと、しゃぼん玉を祥司と一緒に楽しんでいたのですが、優司は目の前をしゃぼん玉が通過していくたびに手をぶんぶんと振って怖がっていました。

落ちていたさくらの花を、そっと手のひらに乗せて優司に見せるとそれも怖がって、

『向こうにやって！』と私をにらんできます。

　優司にとっては何もかもが初めてのことばかりで、びっくりの連続なのでしょう。外に出るたびにそのようなことが続きました。風がビューッと吹いてきてはびっくりして心拍が上がり、アラームが鳴る。太陽の光が眩(まぶ)しくては泣きべそをかく……でも、どの優司もとても可愛かったです。

　優司の状態に大きな変化はなく、転棟から5カ月経ちました。もちろん小さな変化はありましたが、私たちは「小さなことはいちいち気にしない！」と決めていたので、何かあってもそれに気をとられたりはしませんでした。長い目で、大局で見た時、悪いことは起こっていないのですから、それでいいのです。

　ただ、この生活でどうしても「試されている」と思うことが一つありました。夜中の電話です。

　私たちは午後3時に病院を出て、翌朝9時までは家で過ごしています。その間に何か優司に起こって私たちに知らせた方が良いと判断された場合は、私の携帯電話に連絡が来ることになっていました。

何回か病院から連絡を受けたことがあるのですが、着信音が鳴り、携帯のディスプレイを見ると、〝成育〟の二文字。思わずビクッとして、電話を取ろうか取るまいか悩んでしまいました。緊急連絡なのですから取らねば意味がないのですが、

「何？　成育から電話……きっと優ちゃんに何かあったんだ！　どうしよう、冷静に話が聞けるかな。折り返そうかな。ちょっとまだ心の準備が……」

という心境のまま、通話のボタンを押すことになります。どうか、かけ間違いか事務連絡でありますように……。

翌日まで待てないようなことだから連絡が来るのですし、優司はどんなに穏やかに過ごせていても、やはり普通の患者ではありません。急に調子が急変して、緊急事態になるようなことも十分にありえるのです。

天国言葉を使ったり、自分の魅力を高めるためにいろいろなことをしてきましたが、それができているのか？　真に試されるのは困った時です。つらい時にどれくらい、いつもと変わらずできるようになっているか。つらい出来事が起こったとしても、その時に肯定的でいられるか。幸せになれるかどうかの分かれ道です。帰宅後の病院か

らの電話は、試練へのドアのようなものでした。

２月の終わりのことでした。夜の９時過ぎに成育から１本の電話が入りました。こんな時間に電話が来るなんていつもと違います。私は恐る恐る電話に出ました。生駒先生の声でした。

「あ、武藤さんですか？　夜分遅くに申し訳ありません。成育の生駒です。実は優司君がですね……」

何かあったんだ！　それにしては先生の声、いつもと変わらないな……一体、優司に何が？

「お母さんたちが帰られてから、少しずつサチレーション（体内の酸素濃度を測る数値）が下がってきていて、さきほど32をつけました」

私はびっくりしてしばらくは理解できませんでした。32？　先生、32って言った？　帰る時はサチレーション80近辺だったのに……どういうこと？　必死で頭を整理します。

健康な人のサチレーションの数値は１００で、それ以上にはなりません。仮に息を止めて苦しい状態で測ってみても、普通は97あたりまでしか下がらないはずです。肺の病気で息切れをしている人が90を切ってくると、とても危ない状況といえます。健康な人が急に80台になるとショック死してしまうような状況です。

優司は慢性的に酸素不足で生きているため、体のモードがすっかりそれに慣れてしまっているので、80を切って70くらいまでは普通に過ごせるようになっていました。でも、さすがに70を切ってくると顔が土気色になり、つらそうだなと誰にでもわかるので、モルヒネの追加や鎮静剤で眠らせて回復を待つような処置をしてもらっていました。

50以下になったのを見たのは、2度あります。初めての時は部屋に優司と二人きりだったので、足が震えて人を呼ぼうにも声が出なかったのを覚えています。

震える手でナースコールを押すと、「どうされましたか?」と看護師さんの声がしたので、「ちょっと、来てもらってもいいですか……」となんとか伝えたのですが、とっさに状況を話すことができず、そんな時には落ち着くことなんてできないんですね。

すぐに察してくれた中村さんが飛んできてくれましたが、「ああ、こういう時ってこれから何回か来るのかも知れない」と心の中で思い、いい経験になりました。「50を切ったら看護師を呼んでくださいね」と中村さんに言われていましたので、数日経ってまた50を切った時は、落ち着いて看護師さんを呼ぶことができました。

生駒先生は「サチレーション32をつけました」と言っています。私には未知の領域の数値です。

「なんとかできる限りの処置をして、そこからは下がらず持ち直しました。少しずつ戻ってきて今は70近辺です。ですが、この後どうなるかわかりません、念のため連絡を入れた方が良いと判断しましたが……お母さんどうされますか？　病院にこれからいらっしゃいますか？」

『……なるほど、そういうことが起こっていたんだ』

私はソファーに並んで座っていた夫に、電話を一旦保留にしてから状況を伝えました。

「どうする？　これから行く？」

「でも、もう元に戻ってきたんだよね？　なら明日でいいんじゃない？　優ちゃんもそんな出来事があったのなら疲れているだろうから、今夜はゆっくり寝かせてあげようよ」

さすが、夫です。そんな答えが返ってきました。夫を見ていると誰も困っているような気がしなくなり、先生に返事をしました。

「先生、今日はもう遅い時間なので明日にします」

少し間があってから先生は、「わかりました。私は夜勤なので病院にずっといます。責任もって見守りますので、また明日お話させていただきますね」と言ってくれました。

夫の方を見て〝何か他に聞くことある？〟と目で確認すると、何か言いたげな顔でした。私は夫が何が言いたいのかはわかったので、お礼の言葉を先生に伝えました。

「先生、優司が持ちこたえたのは先生がいてくれたからです。皆さんのおかげです。こうして私たちが呑気に家で休めるのもいつも有り難いと思っています。本当にありがとうございます。また明日、よろしくお願いします」

何かしてくれた人に丁寧に感謝を伝えることは、自己重要感を高めるとてもいいチャンスなのです。

電話を切ってから、夫に言いました。

「普通の親はここできっとあわてて様子を見にいくでしょ。うちは病院に近いんだし、行こうと思えば夜なら車で10分もかからないし」

「うん、でも優ちゃんは大丈夫だから。心配すると良くないことが起きるよ。それより死ななかったことに感謝して、まわりの人たちに〝ありがとう〟を言うべきだよ。ゆっくり休んだら、明日はまたちゃんと来るよ。大丈夫、大丈夫！　そんな怖い顔しないで」

夫は私をなだめるようにそう言って、ソファーにごろんと横になってしまいました。『やっぱりね、もう眠いから行かなかっただけじゃないの』などと思いながら、常識的に考えて正しいことを選んできた私よりも、楽しく人の心が明るくなるようなことをし続けてきた人には到底かないません。

私も電話に出ただけでクタクタになっていましたので、その夜は2人ともすぐに眠ってしまいました。

翌朝、いつもより少し早めに優司のもとへ行ってみると、枕元のサチレーションモニターはなんと91でした。優司は気持ちよさそうに眠っています。

「ほらね、言っただろ」

夫は得意そうです。不思議なことなのですが、これは本当にあったことなのです。同じような不思議なことを私たちはたくさん経験しました。

部屋に私たちを追って入ってきてくれた生駒先生に私は会釈をし、お礼を言いました。「先生、おかげさまで今日も優司と過ごせそうです。昨日はありがとうございました」

「まるでジェットコースターのような優司君ですね。数値が上がったり下がったり忙しい！」

でも、先生は嬉しそうです。

「そうなんです、優ちゃんにはいつも私は試されています」

その時、優司が目を覚まし、朝から3人が部屋に揃っていたからか、『何かあったの？』と不思議そうな顔をして私たちを見ていました。

何か起きた時に〝修行〟の成果は試されます。いつも天国言葉を使うこと、心配しなければ困ったことは起こらない。夫は嬉しそうに優司の頭をクシャクシャッと撫でて、家に戻っていきました。

とても暖かく、良い天気の日でした。桜の満開予想は21日。今年も優司と一緒に春を迎えられて、とても幸せです。

幸せの裏と表

肺移植の往診からすでに6カ月が経ちました。あの時は、まだ今は移植できないと言われましたが、時期が来たらきっと優司を岡山へ連れていけると思うようになっていました。

今すぐでなくてもいい、その希望の光がちょっと遠いところにあったとしても〟その日のことを思い浮かべるだけで、とても幸せな気持ちになりました。

臓器移植には生体移植と脳死移植の2種類があり、日本では脳死提供者が少ないためにに心臓のような臓器を除いて生体移植が主流です。ただし、肺についてだけで言えば大人から乳幼児への生体肺移植はほとんどの場合が無理でした。

臓器を提供する側をドナー、される側をレシピエントと言います。そもそもドナーの臓器はレシピエントの体の中に収まる大きさでなければ意味がありません。実際には、大人から乳幼児への提供は臓器が大きすぎることがほとんどでした。

成育の移植外科医である笠原先生のようなとても腕の良い先生であることが条件ですが、肝臓でしたら削って小さくすることが可能です。そのおかげで成育では優司を含め、たくさんの小さな命が救われています。

しかし、肺はカットできる区切りが細かく決まっていて、区切り以外の場所にメスを入れることはできないので、小さくするのには限界があります。右と左では左肺の方が小さく、私の左肺の一部を切り取り、さらに小さくカットして優司に入れるのが現実的に予想される生体肺移植の見立てになります。

2017年に、身長90センチの男の子が親から肺を小さくカットして移植する手術を受け、無事に成功しました。そのくらいのサイズ感が、いま日本で出来うる最も体格差のある生体肝移植なのです。身長90センチ……どんなに早くても優司がその大きさになるためには、あと2年はかかりそうです。

「優ちゃん〜、大きくなぁれ〜、大きくなぁれ〜」

私は冗談とも本気ともつかない真面目な顔でクルクルと優司のまわりを回りながら、そんな魔法の呪文を唱えていました。優司は私が一生懸命に踊っているのを見て、嬉しそうにニコニコしています。

ある日、私は成育のエレベーターホールの壁に、ポスターが貼ってあるのを目にしました。

『成育にドクターカーを！　こどもの命を救うために走る集中治療室』

よく読んでみると、クラウドファンディング（ある目的、志などのため不特定多数の人から資金を調達すること）で集めた資金を特別な装置を備えたドクターカーの購入に充てたい、とするプロジェクトのお知らせでした。ドクターカーとは、重症な患者を車内で治療しながら搬送や転送するための救急車で、一般の救急車とは違って、車内での急変に備え、より高度な治療ができるように設計された特別な車です。

私はポスターの前から、しばらく動くことができませんでした。以前、前川先生がこんな話をされていたのを思い出しました。

「優司君が岡山に移動するのはもっと状態が良くなった時ですね。いま、なんらかの移動手段で岡山に向かったとしても、長時間の移動の間に亡くなってしまう可能性が非常に高いです」

先生は続けて言いました。

「考えられる移動手段は、ドクターヘリ、救急車、新幹線になると思いますが、どの方法にもリスクがあります。でも今はそれを検討する時期ではまだないので、いずれお話しさせていただきますね」

私はリスクを詳しく聞きたい気持ちよりも、ワクワクする気持ちの方が湧き上がってきました。優司を抱き抱えて成育を出発し、岡山に向かう日を思い浮かべるだけで楽しい気持ちになってきます。私はポスターの横に置かれていた同じ内容のポストカードを手に取って、大切に手帳に挟みました。

「これは、私のお守りにしよう！　きっといつかドクターカーに乗る日が来る。それまでは悪いことは考えないで、毎日楽しく過ごすんだ……大丈夫、私は〝ついている〟から、大丈夫！」

その後、インターネットからプロジェクトに支援を申し込んだのですが、募集していた金額は早々に達成され、１５００万円という大きなお金が成育に集まったのです。私はプロジェクトに強い思い入れがあるから支援をしたのですが、中にはそうではなくて、心からの善意でプロジェクトに賛同された方もたくさんいると思います。

私は師の言葉を思い出しました。

「人から受けた恩は必ず返さなければいけないよ。どんなに小さなお返しでもいいから、何もしないのはダメ。それでは人は幸せになれないし、神様は丸をくれないんだよ」

人は誰かのためになれた時に幸せを感じられる生き物であり、誰かが自分のためにしてくれたことで心に灯りをともしてもらって、幸せになれる生き物なのです。

コインに表と裏があるように、どちらかの一面だけでは幸せにはなれません。自分は我慢して、人にすべて尽くすようでも幸せとは言えません。神様は自己犠牲が嫌いなのです。自分がまず幸せに、次は他の人にも幸せを。

「受けた恩は返すかぁ……私に何ができるかなぁ」

そういえば、成育の建物の外には美しい花壇があって、そこはいつもボランティアさんがきれいにしてくれます。ひょっとすると、その方たちも受けた恩や優しさを別の誰かにお返ししたいという思いがあるのかもしれません。

「優ちゃん、今日も感謝だね。真剣に感謝して感謝して……毎日、一生懸命生きていればきっと何が返せるか見つかるよね」

私は優司に優しく微笑みかけました。優司もニッコリ笑い返してくれます。

「そうだよ！　いま目の前にあることを、まずは一生懸命にやろう！」

いま目の前にあることと遠くに光る希望の灯りだって、表と裏のようにいつもつながっているのです。

✣困っていることは何もありません

「明日の14時に面談室でお待ちしていますね。優ちゃんのパパも一緒にお願いします」

中村さんが月に一度、私たちにお知らせをしてくれます。私たちは優司の1カ月の様子をみんなで共有し、次の1カ月どのように過ごすか、方向性を決める会議を開いていただいていました。

優司の担当医と中村さん含め医療者7人、私たち2人の9人での会議になりますが、ただでさえ多忙な先生たちが同じ時間に集まることは本来はなかなか難しいことです。ですが、この会議は私たちにとってとても大切な時間でしたから、いつも楽しみにしていました。

優司は病気を治すための治療を積極的にしているわけではないので、たいていは生活の中で困っていることやしてあげたいこと、あとは私たち両親の気持ちを先生たちに知ってもらうことが会議の目的でした。

「要望だったり、不満に思っていることがあったら、その時にお話ししてくださいね」

中村さんは気をつかっていつもそう言ってくれましたが、私たちに不満はありません。生まれてからもう2年以上成育にはお世話になっていますので、優司を赤ちゃんの頃から知っていてくれる人たちがたくさんいてくれます。

私は6時間しかそばにいられないけれど、それ以外の18時間は成育の皆さんが優司を育ててくれました。ひとりで寂しくないように夜遊びの相手になってくれた看護師さん、優司がいつも気持ちよく過ごせるようとてもきれいにお掃除してくれるお掃除の方、部屋の物品が切れないようといつも補充に来てくれ、そのついでにいつも声をかけて優しく私たちをはげましてくれる方……。

心に灯りをともしてくれる仲間が、私たちにはたくさんいました。優司は笑顔こそふりまかないけれど、誰が好きなのかは私にはすぐにわかります。とてもお忙しいのに朝夕、様子を見に来てくださる移植外科医の笠原先生、コーディネーターの久保田さん。

優司の目を見ていると、私は感じます。

『あなたたちに感謝してます、ボクは嬉しい、幸せだよ、楽しくて、ありがとうと言いたい。すべてをゆるします』

一人ひとりの方にそう言っていると思いました。

優司に会いに来てくれた人が部屋から出て行く時、優司は手をそっと小さく振る時がありますが、その姿は『愛してます』と全身で伝えているようで、私の目からはとめどなく涙があふれてくるのでした。

6時間しか優司と一緒にいられないことに、初めの頃は悩んでいました。もっと一緒にいる時間を作るべきだろうか。無理してでも一緒にいなければ、あとで後悔するんじゃないだろうか。

ですが、修行を続けていくうちに、「今日が幸せ」を全力で続けていくことの力が大切だと気が付き、病院にいる時間を短いとか長いとか考えることはなくなりました。

それもこれも、成育の皆さんのおかげなのです。ですから、困っていることなんて何一つあるわけないんです。

「司さん、明日のカンファレンス、何を話す？」

大切な、月に一度の発表の場を前に、お互いに何を話したいかを私たちは毎回、打ち合わせをしていました。毎日一緒にいるので私たち同士は何を考えているかよくわかりますが、会議の場でまとまらない思いを話してしまっては、長くなってしまい、先生方にも迷惑をかけてしまいます。

「特にないかな……あずさが話したいように話していいよ」

夫はたいてい、そう言ってくれます。

「そう？　じゃあ、軽い感じでお願いしてみようかな。栄養もう少し増やして欲しいとか。ダメ元で移植いつ頃できそうですか？って聞いてみるとか。場が重くならない程度に……」

私はもったいないことが苦手なので、貴重な機会なんだから少しでも前向きに話が進めばいいな、と考えてしまいがちです。そして、せっかちなのできっちり箱の中に物を詰めたがります。少しスペースが開くと、そこにまた入るサイズの物を見つけてきて、きっちり詰めこもうとします。

それは自分の良いところでもあるのですが、空きスペースがない分、ほとんど余裕がなく、時には自分を苦しめもします。その点、夫はいい意味でスペースだらけ。

「うん、そうだね。でも、先生や看護師さんたちって俺たちが思う以上に優司を見ていてくれているし、知っていると思うよ。有り難いよね」

夫らしい答えが返ってきました。私にもそれはわかっています。先生たちは何もしていないわけではありません。優司の状態をちゃんと把握していて、何かをする絶好のタイミングが来さえすれば、きっと先生の方から言い出してくれるでしょう。

私たちの願いだって、希望だってもちろん知ってくれています。先生たちが優司を死なせたくない気持ちは、私たちと同じぐらいあるかもしれないこともわかっています。

「そうだね。いま、優司と一緒にいれることに感謝しています、って明日は言うことにするよ。カンファレンスの意味がないような気もするけれど、まぁ私たちらしいってことで……」

もっと前だったら、何かを叶えたいなら強く願ってまず動くことだ、と私は譲らなかったと思います。そして、うまくいかなければ軌道修正。行動ありき、欲しい物は必ず手に入れてみせる。何事にもそう思っていました。欲しいと思いながら何もしないのは心が弱いだけ、受け身でいたら夢は叶わない、と。

でも、今は違います。今あるものに感謝して、目の前のことや人を大切に……。未来は私がどう思おうとも勝手に向こうからやってくる。その時こそ、修行の成果をすべて発揮すれば必ず良いことしか起こらない——そう思うようになりました。力づくで取りにいけないことも、人生にはあるのですね。

翌日のカンファレンス中、優司の状態をみんなで確認したあと、前川先生が私たちに聞いてくれました。

「武藤さん、何かこうして欲しいとか要望はありますか?」

視線が私に集まります。私は一呼吸おいて、ゆっくりと言いました。

「困っていることは何もありません。いつも優司を大切にしてくださって感謝しています」

全員の顔がフッと優しく、緩んだ気がしました。余谷先生も前川先生もとても穏やかなお顔でした。私たちは先生たちを心から信頼しています。きっと悪いことは起こりません。

優司の病名についてはまだまったくわかりませんし、治療法も有効なものは今のところありません。でも、それは私の勉強不足で、本当はもっとたくさん調べれば何か見つかるのではないか。県や国を越えてでも探し続ければ、良い薬や良い先生、良い病院が存在して、それを探し当てることができるのではないか、などと恥ずかしながら思っていた時期がありました。

そんな時、私にとって大切な人が「焦らないようにね」と声をかけてくれました。ただの気休めではなく、私の性格をよくわかった上でそのような言葉をかけてくれたのだと思います。その時から私は、「自分は何もしていない」と思うことと、目の前のこと以外のものを探すのをやめました。

「大丈夫、大丈夫！　ついてるからきっといいことあるよ」

そう思えるようになったのです。私は優司のおかげで今までとは違う自分になることができました。今は自分も人も追い詰めず、気持ちの幅に余裕があります。

✣お部屋の移動

4月になりました。ICUから9階西病棟に移って、半年が過ぎようとしていました。

私たちは部屋で、病棟に上がって半年記念のお祝いをさせてもらうことになりました。半年前のその日、優司が転棟し、〝修行〟も始めたのです。私にとっては記念すべき日でした。

半年の間に私たちは三度、お祝いをしてきました。一度目は転棟のお祝い、二度目は優司の誕生日、そして、今回です。毎月、季節の行事もお祝いしてきましたので、部屋にはいつも楽しい笑い声があふれていました。

私たちがお祝いのたびにしていたこと——。それは仮装やおしゃれをし、理学療法士の安田さんという方に写真を撮っていただくことでした。安田さんは優司のリハビリ担当ですが、お休みの日には奥様と共に、障害のあるこどもの写真を撮影する活動をされています。

リハビリの合間に私の仕事の話や安田さんの活動の話などをするようになり、優司と私、そして安田さんはとても仲良しになりました。

安田さんの写真をご自身のブログで初めて拝見した時、私は胸を打たれました。障害のあるこどもたちがとても楽しそうな顔で写っているのです。こちらを向いてポーズを取っている写真もいいのですが、安田さんは年齢や興味に合わせた遊びを撮影に取り入れているので、みんながその時を楽しみながらとても生き生きとした顔なのです。

一緒に参加しているご家族や、こどもを見守るお母さんたちの顔もとても幸せそうで、見ているだけで明るい気持ちになりました。

在宅看護をしているとなかなか外にも出られませんし、毎日がバタバタと過ぎていくので、家族そろっての写真が撮れなかったりします。私たちも安田さんに出会うまでは家族４人で撮った写真が一枚もないことに気が付きませんでした。

そんな安田さんに撮っていただいた写真が今では、我が家のいたるところに大きく引き伸ばされて何枚も飾ってあります。会えない時間も優司が私を見てくれているので、そのたびに「よし、今日も修行がんばろう！　楽しく生きるんだ！」と心の針が上向きになり、神様との約束を思い出しました。

家族が揃ってのすてきな写真を撮ってもらえたのは、とてもラッキーでした。安田さんの活動がこれからもっと病院の中で浸透していくといいな、と私は思います。

さて、記念日の当日、優司に何を着させようか、部屋の飾りはどうしようかと考えながら、私は毎日、ワクワクして過ごしていました。

そして、当日になりました。優司は、胸に赤い蝶ネクタイの付いたロンパースタイプ（上下が繋がっているベビー服）のタキシードを着ました。少しお兄さんらしい黒と白のデザインに、赤のアクセントがとてもおしゃれです。

「コナン君みたい」と看護師さんたちにも好評で、可愛いと褒めてもらったので、優司はまんざらでもなさそうな顔をしていました。

ベッドの上には、〝おめでとう〟と書かれた垂れ幕とさくら吹雪の入ったくす玉を用意しました。その日のために雑貨屋さんで購入してきたものですが、優司の手にその紐を握らせて、手がブランと下がった瞬間、くす玉が見事に割れました。

その瞬間を安田さんは見逃さず、私たちはとても良いショットを撮っていただくことができました。祥司と優司がベッドに寝転んでいる写真、私が優司を抱っこしている写真……どれもとてもすてきでした。

お世話になっている人々に見守られ、幸せなお祝いの時間を過ごすことができて、本当に私たちはついています。有り難いことです。


翌日、師長が私の部屋に来て、言いました。

「武藤さん、今日は一つお願いがあって来ました」

いつもの優しい師長の顔ではなく、難しい顔をされています。優司が初めて成育に来た生後2カ月の時、当時はまだ看護師だった師長が優司にミルクをあげてくださいました。その頃からのお付き合いなのです。

9階西の師長になった今は、優司の転棟を快く引き受けてくださっていますし、師長から何かお願いがあるということでしたら、どうしたって聞かなければなりません。

「9階の真上10階のお部屋に無菌室を作ることになりました。それでこの部屋が1カ月ほど使えなくなってしまうので、優司君にその期間は別のお部屋に移っていただかなければなりません」

師長は申し訳なさそうでした。10階には主に小児がんのこどもたちが入院しているのですが、治療で使用する無菌状態の部屋のことです。師長は続けておっしゃいました。

「選択肢は3つありまして、1つ目がこの階で大部屋に移ること。2つ目は個室の差額が発生しますが、この階で別の個室に移ること。最後に、ここと同料金の個室がある別の病棟に移ること。このうちのどれかになります」

私は、考えました。優司にとって移動は大きな負担になります。呼吸器を外して移動するのは、半年前にICUからここへ来た時、以来になります。大部屋は共同利用になるので感染症にかかる可能性がどうしても高まります。肺が悪い優司にとって、肺炎は命をも落とす重大なリスクです。

どうしても移動しなければならないとすると、お金がかかっても個室を選ぶしかありません。９階を離れて別の階へ行くことも、優司のことをよく知った人たちから離れて暮らすことになるので考えられませんでした。ですので、私が選ぶ答えは決まっていました。

「ご主人ともよくご相談されてお返事をください」と師長はおっしゃいました。師長も本意ではないのでしょう。そのことがとても強く伝わってきました。私が不平不満を言えば、お互いにいやな気持ちが残ります。

「不平不満は言わないこと」と師は教えていますし、「相手の自己重要感を大切に」ともう一人の師であるカーネギーも言っています。

文句を言ってもどうしようもないことに不満を言う人がいますが、そのことに何の意味があるのでしょうか。多少すっきりするのは自分だけで、相手の人はいやな気持ちにしかなりません。

「師長、いつも私たちのためにありがとうございます。この階で別の個室が空いていれば、そこに移らせてください」

と、私は答えました。

「わかりました、移動の日程は前川と調整してお伝えします。私の方でも個室の差額が発生しないように事務側にかけ合ってみますので、またその件についてはご連絡しますね」

師長はそう言ってくれました。

どこの個室が空いているかわからないけれど、払える限りであれば個室料金を黙って払おう、仕事を一生懸命やればいいだけだ、と私は思っていました。でも、不満を一切言わなかったのに、師長の方から「差額がかからないように動いてみる」と申し出てくださったのです。カーネギーの言うように、人を動かそうと思っても不平不満ではなかなか動いてくれませんが、ちょっとした方法で人は自らの意志で動くようになってくれるのです。

後日、私たちはいま使っている個室と同料金で同じ広さの個室を準備していただけました。師長に改めて感謝しました。

優司の移動準備も順調に進み、半年お世話になった部屋からベッドごと新しい部屋に移動する時間になりました。ベッドのまわりには先生方が数人ついていてくれます。

「1カ月たったら戻ってくるね……ありがとう」

私は慣れ親しんだ部屋に小さく頭を下げ、優司と一緒に部屋をあとにしました。ナースステーションに一番近い今までの部屋は、外の通路に絶えず人が行き来していたので賑やかで安心でしたが、今度の新しい部屋はナースステーションからやや離れていますので、用事がないと誰も来ないような場所になります。

師長は何かあっても誰かがすぐに気がつけるよう、ナースステーションの中心に優司専用の画面を設置し、モニター数値に動きがあるとすぐにわかるようにしてくださいました。数値が設定した下限を下回るとアラームが鳴って、9階中の看護師さんが駆けつけてくださいます。今までと安心感はなんら変わりません。

新しい部屋は静かで落ち着いていましたが、とてもよく光が入るので、部屋の中が陽の光でキラキラと光っていました。初めて部屋の入り口に立った時、「神様の部屋みたい……」と思ったことを覚えています。私はこの部屋が一目で、とても気に入りました。

優司の状態も移動により変わった様子はなく、部屋の作りの関係で呼吸器とベッドの向きが今までと反対になり、優司の頭の位置が逆になったくらいです。あとはトイレが部屋の中にありました。

〝ついてます！〟

前の部屋はトイレがなかったので私はギリギリまで我慢して、優司のベッドに柵を立てて急いで行ってくるか、看護師さんにお願いして済ませていました。部屋にトイレがあるのはとても助かります。

「しばらくは、優司君の状態に変化がないか注意して見守りますね」と、前川先生はおっしゃって部屋から出ていかれました。

それから1週間、大きな変化もなく静かに時が過ぎていきました。10階の工事も始まり、「早く無菌室ができて、ひとりでも多くのこどもが助かって欲しいなぁ。病気と共に生きているのは優ちゃんだけじゃないんだ。この上の階にも下の階にもそんなお友たちがたくさんいる」

どんな病気であっても、すべてのこどもたちが幸せでいて欲しい……私はそう思いました。

❖思ってなくてもいいんだよ――初めに言葉ありき

「優ちゃん、ママ行くね、また明日の朝来るからね」

午後3時をすでに15分ほど過ぎていたので、私は優司に声をかけました。

「もう少しいてあげたら……」

夫が私にそう言ってくれたのは、今日は優司の調子が先週までとは違うからです。サチレーションが1日を通して低めだったのと、顔色があまり良くありませんでした。

私はそんな優司のことを心配はしていないけれど、後ろ髪を引かれるようでなかなか帰れないでいました。私の気持ちをよくわかっている夫は、ゆっくり優司のそばへ行き、頭を優しく撫ではじめました。

午後3時は優司の投薬の時間で、私たちが帰ったあと落ち着いて過ごせるよう少し眠くなる鎮静剤を処方されています。そろそろ薬が効いて眠くなるはずなのですが、優司は自分が眠ると私たちが帰ることをとっくの昔に気が付いていて、眠いはずなのになかなか眠りについてくれません。

「優ちゃん、今日も顔色がいいね」

夫はニコニコして優司の頭を撫でながら言いました。私は二人をジーッと見ていました。今日の優司の顔色はとても青白いのです。顔色がいいとは誰も思わないでしょう。すると、夫は私の方をクルッと向いて、

「思ってなくてもいいんだよ。初めに言葉ありき、だからね」

私の心の中が読めるのか、夫は言葉が無くても私の気持ちがわかり、返事をしてくれる時があります。

思っていないことを言うのは調子いい人とかおべっかつかいとか、相手に「適当なことを言って！」なんて思われそうで、言葉ありきが私はあまりできていませんでした。事実とは違うことを言うのは今でも抵抗がありますが、私もやってみないといつまで経ってもできるようになりません。

「優ちゃん、今日も調子良かったね！　それに少し背が伸びたみたい。すごいねぇ」

「優ちゃん、元気元気！　絶好調だね！」

そんな前向きな言葉をかけながら、私たちは交互に優司の頭を撫でました。優司は

私たちのことを嬉しそうに見ています。そのうち、安心したのか目がだんだんと細くなっていき、とうとう眠ってしまいました。

モニターの数値を見ると、さきほどより少しだけ数字が上がって良くなっています。

「言葉ありき」

私は思わず、つぶやきました。夫もうなずいています。

事実とは違うことを言うのは、最初は難しいかもしれません。でも事実とは違ったって、自分がそう思っていなくたっていいんです。口から出る言葉には強いパワーがあって、それが人を動かすこともあれば、良いことも悪いことも引き寄せます。

例えば、転んで足をぶつけたとします。いくら修行をしていても、足をぶつければ間違いなく痛いんです。痛いと思わなくする力をつけるとか、そう思ったらいけないとか、そんなことをしているわけではありません。

「痛い！」と思ったあとに、どんな言葉を口から出すか。そのまま「何だよ、痛いなぁ……ついてない」と言ってしまったら、それはただの痛い出来事にしかなりません。

「痛いなぁ……でも足が折れなくて良かった！　ついてるなぁ」

と言えたとしたら、たとえ足が痛いのは変わらないとしても足があることに感謝もできるし、肯定的になれた自分も好きになれると思います。その後、どちらに良いことが待っているかは歴然としていませんか？

「部屋が暗ければ灯りをつけるよね。部屋が暗いって口にして、そのままにはしないよね。それと同じ。暗い時には明るくなるような言葉を言わなくちゃ」

師はそう教えてくれました。私たちはこれから起こる出来事がどのようなものになるのか、言葉を選ぶだけで未来も選べることを忘れないようにしなければなりません。明るい未来がやってくるかどうかは自分次第なのです。

「今日も1日ついてます。感謝しています」

私はそう口にしながら、優司の部屋をソーッとあとにしました。

✣足るを知る

「少し肺のモヤモヤが濃くなっていますね」

優司の肺のレントゲン写真を見ながら、前川先生が言いました。正常な肺はレントゲン写真には黒く映り、モヤモヤとした霧がかかったような白い部分が写ったりはしません。

「ここのところ、優司の調子があまり良くないのはそのせいなのかなぁ」

私は、先生が部屋から出て行かれたあとに考えました。肝臓移植が終わって肝臓が良くなったと思ったら、次は原因もわからず肺が悪くなって……なんとかして肺を治してあげたい。それが難しいのであれば、優司の肺を私の肺に取り替えてあげたい……ずっとそう思ってきました。

しかし、私はある日、師から思いもよらないことを聞いたのです。

「肺以外の臓器に感謝しているかい？」

肺以外の優司の臓器は健康で正常です。いま、優司が生きていられるのは他の臓器が優司を生かそうと一生懸命に働いてくれているからです。そのように考えたことはなかったので、「確かにそうだ！」と思いました。

肺が悪い、調子が悪い……。そちらにばかり頭が行きがちですが、「肺以外は悪くない。それで今日も生きている」。そう思うと、つらかった気持ちがフッと軽くなりました。

「道端にね、ウンコが落ちているとするよね。そうするとウンコばかり見ていて他に目を向けようとしない人がいるの。だけどそんなものを見ているより、道端に咲いている花を見た方がよっぽど気分がいいよね。それと同じ」

その言葉はとてもわかりやすく、納得がいきます。肺以外に感謝できるようになると、肺にも感謝することができるようになります。

「こんな満身創痍な状態で優ちゃんに呼吸をさせてくれてありがとう……悪者みたいに言ってごめんね。肺だって優ちゃん自身だものね、感謝してます」

そう思えるようになってきます。

「感謝が足りないのは良くないよ」

師はよくそう言うのですが、まったくその通りだと思います。

今、優司が飲んでいる薬だって、「量が多くて嫌になっちゃう」、「副作用があるから薬を飲みたくない」と思えばそれまでですが、その薬は今まで亡くなっていった人々がそれまでの情報を提供してくれたおかげで作られた大切な命のバトンなのです。病院の設備だって、私たちも含めたくさんの人たちが働いて納めた税金で使うことができています。先生や看護師さんが夜、眠くても働いてくれるから、安心して私は家に帰れます。

今、優司がこの世界に生きていられるのは、優司のがんばりや私たちの踏ん張りだけではなく、さまざまなものが優司を生かそうとして動いているからに他ならないのです。感謝してもし過ぎることはありません。

私はさきほどのレントゲン写真の肺を思い出して、

「全部ひっくるめて優ちゃんだよ。ありがとう、愛してるよ」と改めて感謝しました。今あることに感謝して、「足るを知る」。今のままで十分足りていると思うこと。まだ足らない、まだ足らないと欲張っていてはいつまでも幸せになれません。

私たちは師の教えがとても気に入っていましたが、人間はすぐに忘れてしまう生き物です。ですから、私たちは病院の行き帰りの車中や、仕事をしながら、また就寝前の子守唄としても師の話をスマホからＢＧＭのように流して聞いていました。

でも、だからといって私たちのしていたことは宗教などではありませんし、洗脳されていたわけでもありません。苦しい状況の中で幸せになりたいと願い、そのためには自分を変えるしかないと気が付き、必死だったのです。

私は、幸せでした、夫も幸せでした。優司の幸せを支えてあげることが私たち夫婦の幸せでした。心の底から、ずっとこんな日が続くといいなと思っていました……。

✣絶好調のハードルを下げる

優司の体調を表すモニターの数値は今日も引き続き低く、私は優司の小さな手をギュッと握って、何度も繰り返し話しかけていました。

「大丈夫、悪くなんかなっていないよ。ママが付いているから何ともないよ」

優司は私の方を向いているけれど、眠っているようでほとんど動きません。私は明るい声で「大丈夫！」と言えているでしょうか？　顔はひきつっていないでしょうか？　心からそう思えているでしょうか？　もう大きなことは何も望まないから。ここでずっと優司の横顔を見つめていたい。それだけでもういい……。

神様、私は約束破っていないですよね？　天国言葉の修行もちゃんとやっているし、人を明るくするように心がけています。だから優司を連れていったりしませんよね？半年記念を祝って、部屋を移動して数日が経ち、明日からは5月。ゴールデンウィークは病棟も人が少なくなるし、私たちは部屋で何か楽しいことをしようと考えていました。

5月はこどもの日があるし、母の日もある。部屋の飾りつけを5月バージョンに変えて、暑くなってきたから優司の服も半袖に変えてあげて……。楽しいことをいろいろ計画していました。

でも、私の目からポタポタと流れ落ちるものは意思とは別のところからやってくるので、どうしても止めることができません。優司の目がうっすらと開いて私のことを見ています。

『ママ、なんで泣いてるの？』

優司はそう思っているのでしょう。

午後2時になり、夫が部屋に入ってきました。私に気が付いて困ったような顔を一瞬浮かべ、ニコッと笑って言いました。

「あずさ、困った時はハードルの高さを下げるんだって」

私はハッとして思い出しました。

「ハードルの高さを下げる」

人は絶好調というとおそらく100%良い状態の時のことを言うのだと思います。しかし、そのパーセンテージを下げたらどうでしょうか？　絶好調が50%の時で良かったら？　今の優司は絶好調です。そんなことを人に話すと、「それって都合良すぎじゃない？」と言われるかもしれません。調子が悪いことには変わらないのだから、慰めにしかなっていない、と。

でも、自分に都合が良くていいのです。この世は誰か他の人が決めた基準で判断されがちです。体調だけでなく、テストの点や所得の金額、ありとあらゆる物の優劣が、〝なんとなくこのあたり〟というラインで線が引かれていて、「そこを超えていれば幸せ」、「超えていなければ不幸せ。もっとがんばらないといけない」なんて言われてしまいます。

「よし、優司の絶好調は今日から50パーセントにしよう！」

私はそう思って、モニターを見ないようにして優司を抱き上げました。

「少し軽くなったかなぁ」

ここでも、前の優司と比べている自分がいます。そうじゃない、今の優司で満点だから……。

「優ちゃん、今日も調子がいいね、顔色もいいよ、ママは優ちゃんのことが大好きだよ！」

さっきまでとは違う強い気持ちが、私に戻ってきました。

「そのままでいいんだ！　優司はこのままで……」

✣ 面白いは愛、真面目すぎはジメジメ

突然ですが、私の夫は面白い人だと思います。空気が読めないのか、ときどき突拍

子もないことを言い出しますし、先生たちにも私では考えられないようなことを突然、言うことがあります。

私たちが並んで先生と向き合い、優司の現状を説明してもらっている時のことです。肺が白くなっているとか硬くなっているから呼吸状態があまり良くないとか、丁寧に先生が説明をしてくれているのに、夫は話の合間のちょっとした雑談の時、「あずさ、そんなこと信じたらダメだぞぉ」と私に言ってきました。

暗くなっていた私の心はパッと明るくなって、場を読めない夫に思わず笑ってしまいました。

先生が説明されているのだから、おそらく優司の現状はそうなのでしょう。ですが、よりによって先生のすぐそばで、「そんなこと信じなくていい」なんて冗談で言ってしまえるのですから、すごい度胸だなと思います。私にはとてもできません。

夫の面白さは、私にとって有り難いものでした。私は何事も真面目に考えがちなので、面白さに欠けると思います。すぐに空気を読もうとしますし、人にどう思われるかもすごく気になります。

ですので、夫の緩い性格にいつも助けられていました。緩いというのはとてもいいことで、元は「許します」の「ゆるす」から来ているとも聞いていました。どのような時、夫に助けられたと私が感じているかを少しお話ししますね。

成育は数カ月で主治医以外の担当医が変わります。全国から勉強のためにやって来る小児科医師を育てる役目を担っている病院なので、主治医以外の担当で付いてくれた医師は数カ月経つと担当から外れ、また別の先生が付いてくれるというシステムになっています。新しい先生に慣れてきて信頼関係ができた頃には、もう次の先生に変わってしまうのです。

入院生活の長い優司には今まで何人ものすばらしい先生が付いてくれましたが、どの先生も「初めまして」の挨拶をする時に思ったのは、「また、一から私たちの気持ちや、優司の方向性を共有しなおさなければいけないのか。しんどいなぁ」

いつも、そんな気持ちでした。

「優司君の次の先生、女の先生ですよ」

看護師さんが私にこっそり教えてくれました。担当医の交代の時期が近づいてくると、私は次の先生が気になってソワソワし出します。少しでも早く次の先生がどんな人なのか知りたかったし、自分の方から先生にどうやって話しかけようか、あらかじめ決めておかなければなりません。

私は、伝えなければならないポイントを箇条書きなどにしてしまう性格なので、新しい変化がちょっとしたストレスに感じてしまうのです。……ですが、夫は違います。

優司に付いてくださる先生は、最初の挨拶の時には優司のカルテをチェックされているので、余命宣告されているこどもの親に失言などしてしまわないよう気をつかって丁寧に話しかけてくれます。

私が先生と当たりさわりのない話をしている最中、突然、夫が話に入ってきます。

「先生のご出身はどちらですか?」、「お休みの日は何をされていますか?」

「ウワッ、それってプライベートな質問じゃない!? 会って間もないのに……それに今してる話とは全然関係ないし……」

私がにらんでもお構いなしに夫は続けます。

「先生はなんで医者になろうと思ったんですか?」

でも、不思議なことに先生たちはみな、ホッと安心した表情になり、ご自身の出身地や大学の話、地元や趣味、好きな食べ物のことなどを笑顔を交えながら話をしてくださいました。

「あれ？　こんな話もしてもよかったんだ。先生、迷惑だとは思ってないみたい」

私も話に入って、楽しく雑談をしているとだんだん先生の人となりがわかってきて、「いい先生だなぁ」なんて思うことができるようになっていました。

先生の方からも、「何かあればすぐに来ますから。優司君に私もいろいろ学ばせていただきます。お母さん、がんばりましょう！」と言ってくださるのです。

楽しい時間が過ごせたおかげで、私の緊張も先生の緊張もほぐれたように思います。真面目すぎるのはジメジメとするだけで、そこに面白いがないと魅力的な人にはなれないのでしょうね。

夫はスーッと人の懐（ふところ）に入っていき、心のドアを開けるのが上手です。臆病な私は夫が開けてくれたドアからおそるおそる入っていって、自分がやるべきことをやっとやらせてもらっているのだなと思います。

笑顔が心を明るくすること、〝面白い〟がとても大切なこと……。私はいつも夫から学んでいます。

❖条件付きの幸せ

朝からバタバタと、先生や看護師さんが部屋を出たり入ったりしています。サチレーションの数字が一段階低くなって数日が続いているため、優司の体に何か変化が起こっているのかを確認しようと、各科の先生方の診察やレントゲンを撮るための作業が続いていました。

「なんとかしてあげたい」という先生や皆さんの気持ちが痛いほど伝わってきますが、修行中の私を苦しめるのは心配そうな皆さんの表情でした。

気持ちはもちろん有り難いですし、本当に感謝しました。でも、「心配」は私たちの一番の敵で、まだ起きてもいないことを心配すればするほど良いことは起こらないのです。

医療者の「なんとかしてあげたい」は一体、誰のためなのでしょうか？　そうすることが仕事だからという答えを抜きにして考えると、「優司本人と私たち家族のため」と思います。どの先生も自分にできることでなんとか状況を変えてあげられれば、と思ってくださっているはずです。でも、なんともできなかったら？

私は、幸せになるための覚悟とは別にもう一つの覚悟をいつからか持てるようになりました。「優司が死ぬかもしれない」という覚悟です。

「死」に対するイメージがまったく持てなかった頃は、先の見えない恐怖をただただ恐れていただけでした。病棟に上がり、もしその時が来たら一体、優司は私は、どうなってしまうのだろう……そう思っていました。

でも、今は違います。「死」は恐れるものでも嫌うものでもありません。そう思える理由は、私が過ごしてきた７カ月の生活の中にたくさんありました。ですから、私はいまは何も困っていません。

優司の病気が治っても治らなくても私は幸せだし、そして優司も同じようにどちらであっても幸せだと思います。誰も困る人はいないのです。だから、病気は治らなくてもいいのです。それよりも、最期まで幸せでいさせて欲しい。

私が成育の皆さんに望んでいたのは、私たちと同じ気持ちでいてくれることでした。このままで幸せだと気が付くことができれば、いつからだってどんな状況からだって幸せになれます。

「こうなったら幸せ。あぁなったら幸せ」と目標を立てて、前へ向かって進んでいた頃もありましたが、「こうなったら幸せ。だけどそうならなくても幸せ」と思うことができるようになりました。

そうでなければこどもに対しても、勉強ができれば幸せ、運動ができれば幸せ、受験に合格すれば幸せ、会社に就職できれば幸せ……生きている限り「条件付きの幸せ」ばかりになってしまいます。こどもが元気に生きてくれれば、それで親は幸せなはずです。たとえ、もし生きてくれなくなっても幸せだと思うことは、私のように可能なのです！

「優ちゃんはママを選んで、この世に生まれてきてくれたんだものね。今のままでいいんだよ。ママは幸せだし、優ちゃんも幸せだよね」

病室は人の出入りが多くてバタバタしていましたが、優司の手を握る私とベッドに横たわる優司のまわりには、神様が作ってくださった幸せのバリアができていました。とても温かい光に満ちた、強く頑丈な幸せバリアです。

5月13日、母の日になりました。今日の優司は顔色が良く、私たちは部屋で家族一緒に楽しく過ごしました。優司をベッドの上に起き上がらせ、携帯のカメラで私と優司が寄り添う写真を撮りました。

今日、優司が特別に元気でいてくれたのは母の日のプレゼントではないかと思いました。

1年前、私たちは成育の隣にある『もみじ』というレスパイト施設に3泊4日の宿泊をしていました。『もみじ』では在宅看護中の家族が旅行気分を味わえます。親に代わってスタッフの方が医療ケアをしてくださるので、こどもを預けることができるのです。

広い部屋で家族一緒に泊まれるし、泊まらなくてもこどもが寂しくないように保育士さんや看護師さんが付き添って、一緒に遊んでもくれるという、とても有り難い場所です。

いつもがんばっている患者の家族が、気兼ねなくお休みできる場所が他にはなかなかないので、『もみじ』は予約でいつもいっぱいなのですが、私たちは運よく予約が取れて、遅めのゴールデンウィークを楽しんでいました。

滞在中、優司は制作の時間に参加し、手にインクをつけてペタペタと紙に模様を作り、とてもすてきな母の日のカードを私に作ってくれました。表紙にはいつも、〝ありがとう〟とスタッフの方の字で書かれています。私はとても嬉しくなり、いつまでも眺めていました。すぐに見られるように、今もリビングの壁にそのカードが貼ってあります。

そして、今年の母の日は優司からの飛び切りのプレゼントでした。

『ママ、いつもそばにいてくれてありがとう』

起き上がった優司の全身からそんな気持ちが伝わってきます。

「優ちゃん、ありがとう！　ママは2回目のプレゼント確かに受け取ったよ」

私はお返しに、画用紙と色鉛筆で優司の似顔絵を描き始めました。突然、思いついたのです、優司の絵を描こう！　と。

いつも以上にじっくりと見て、丁寧に描き進めます。

「優ちゃんのお口はママそっくりね。眉はパパそっくり。可愛いなぁ、優ちゃん」

こんなに真剣に絵を描くのは、学生時代の美術の時間以来でしょうか。はみ出ないように色を塗って、出来上がり！　思っていた以上に楽しく、つい時間を忘れて描き続けていました。

「そっくり！　我ながら上出来だぁ」

色鉛筆で描いた優司は、とても柔らかい感じで、まるで優司がそこで生きているようでした。

「優ちゃん、お礼にママは絵を描いたよ。これ、優ちゃんだよ！　似てるでしょ？」

描き上がった似顔絵を、優司に見せました。並べてみると本当に似ています。私にはまた、新しい宝物が増えました。

神様がきっと、「絵を描いたらいいよ」と私に教えてくれたのだと思います。

第4章

奇跡は必要なところに起こる

✣体は箱

「優ちゃん……」

私はその日の夜、家の窓から夜空を見上げていました。雲一つなく、星が見えるきれいな夜空です。

この世界には、美しいものがたくさんあります。病院からの帰り道、バイクで夫と二人乗りしながら見る夕焼けが成育の建物の美しいベージュに重なって、その美しさに心が洗われるような気持ちになったこともありました。

祥司と手をつないで歩いた夏の日、空を見上げると、どこまでも青く広い空に、白い入道雲……。祥司の無限に広がる可能性を思って、私の心はワクワクしました。

庭に咲く花を見ても、家の玄関にいたトカゲの赤ちゃんを見ても、美しい物を見るといつでも私は優司を思います。優司がいなくても、優司はいつも私と一緒にいるような気になります。この世界は美しく、人は幸せになるために生まれてきたのだと感じることができました。

夜空を見上げて人は何を想う……悲しいことは考えないほうがいいです。ボーッとしていると、いつか優司が星になって空に帰ってしまうのではないかなどと考えてしまうこともありましたが、それはもったいない。きれいな物を見て、否定的なことを考えるのはやめよう。悪いことは起こらないのだから。私はそう思うようにしていました。

人間は、元々は自然界の中では弱い生物でした。臆病で否定的だったからこそ、他の動物と比べてここまで進化できたのかもしれません。本能なのですから、ボーッとしていると自然と悪い考えが思い浮かぶのは仕方ありません。考えているから否定的なのではなく、ワクワクすることを考えていないから否定的になるのを止められないのです。

「あずさ」

夫が私の名前を呼び、珈琲カップを二つ手にして、私の隣に座りました。

「魂は何度も生まれ変わるんだって……今世の使命を果たしに優司は生まれてきたんだよ。その修行が無事に終わったら、また違う体になって、優司は生まれ変わるんだ……魂はいつまでも無くならないよ。体は箱だ」

夫が声を絞り出すように言いました。私もそのことはわかっています。優司の今の体は、今世の箱。魂は無くならない。

「〝神様は修行が終わった魂に二つのことしか聞かない〟って言ってたよね。今世は幸せだったか、人に親切にしましたかって。優ちゃんは神様に聞かれるようなことになったとしても、どちらも満点だよ。花丸百点だよ！」

と、夫は誇らしげに言いました。

「私、優ちゃんの今世の使命は何だかわかってるんだ。病気があっても幸せに生きること、私や司さん、優司に親切にしてくれた人に優司の咲かせた幸せの花を見せることだよ」

優司のまわりにはきれいな花が今、たくさん咲いています。それを見て私たちはどうしてつらいと思えるでしょうか？　きれいな花を見て、湧き上がってくる思いは、幸せ以外にありません。

✣普通はつらいよ

母の日の翌日――。昨日とはうって変わって優司のサチレーションが下がって、50近辺をウロウロしていて、何回も設定下限を下回ってはナースステーションのアラームを鳴らしていました。

脈拍は通常１００ぐらいなのですが、今日は１７０を超え、全力疾走したあとのようなハアハアとした呼吸を1日中していました。熱も39度近くあり、汗もかいています。私と夫は、優司のそばでずっと見守っていました。

「あずさ、大丈夫か?」

夫が私を気づかって、肩を寄せてくれます。私はニッコリ笑って、返事をしました。

「大丈夫だよ! 〝私はついてるな〟って考えてたところ」

今の優司の様子だけを見れば、苦しくてつらそうに見えます。だけど表面的なところだけを見て、〝優司は困っている〟と決めつけて悲しむのは普通です。修行をする前、ICUで泣き言ばかりを言っていた私のように、それは普通の人がすることだと今は思っています。

普通はつらいよ、普通以上になれないのだから。つらいことにぶち当たれば普通につらいし、悲しいことを経験すれば、悲しくて幸せだと感じられない……それが普通。でも、おかしな人だと思われても、私は自分の幸せと優司の幸せを守りたい。普通以上のおかしな人でいたい。

「優ちゃん、なにも悪いことは起こっていないよ。大丈夫だよ!」

私は優司に言って聞かせるように、話しかけました。

「ママはね、もし優ちゃんが生まれるところからやり直せるって言われても、何回でも今の優ちゃんを選ぶからね。１００回選べたとしても１００回とも今の優ちゃんだよ。病気がなかったら良かったな、なんて思わない……優ちゃんがママのところに来てくれたのは、宝くじで1等が当たったよりも、ずっとずっとそれ以上に嬉しい奇跡なんだよ。ママはついてるよ、ラッキーなんだよ！」

夫が嬉しそうに言いました。

「あずさ、変わったな……がんばってたもんな」

「優ちゃんは困ってないよね。自分で選んで、こうするって決めて生まれてきたんだから。自分で決めてきたことで超えられないことって何もないよね……大丈夫だよ、優ちゃん、ママもパパもそばにいるからね。そのままで大丈夫！」

その時、優司は荒い息ながらも私の目をしっかりと見てくれました。その目は弱った病気のこどもの目ではなく、力強い意志のこもった、幸せになるための意志を宿した、私の愛する息子の目でした。

『優ちゃん、いかないで……』

その言葉を私はぐっと飲み込みました。大丈夫、私ならできる！

翌日――。何か変わったことがあれば病院から電話が来るのですが、昨夜は何の連絡もありませんでした。

「優ちゃん、どうしたかなぁ」

私は天国言葉を繰り返しながらも、病棟に向かう足が自然と早くなりました。

病棟のドアを開け、ナースステーション脇を通過する時にチラッと優司のモニター画面が目に入りました。部屋に入る前に数字を確認するのがすっかり習慣になっていた私は、モニター画面で奇跡のような数字を目にしました。

『サチレーション93　脈拍90』

「司さん、優ちゃんが！　数字が元に戻ってる！　信じられない！」

私はその数字が本当に優司の今の数字なのか、信じられないまま部屋に飛び込みました。

そこにはベッドで静かに眠っている優司の姿が……。

「いつも通りの優司君ですね……魔法にでもかかったみたいです」

部屋にいた前川先生が信じられないという顔で言いました。

「熱も36度に下がっています。良かったですね」と夜勤の看護師さんも言ってくれました。

「優ちゃん、すごいよ、がんばったね」

私は本当に嬉しくて優司に駆け寄り、体に触れました。

「あれ？」

なんだか、優司が冷えているような気がします。看護師さんは36度と言っていたけど……自分でも確認しようと思い、体温計で測ってみました……35・6度です。

「ちょっと冷えているみたいだから、温めてあげようか」

夫が毛布を優司にかけてくれました。

主人が家に帰ったあとも、優司は体が少し冷えている以外はお昼すぎまで特に変わったこともなく、少し早めに病院を出る準備をしていました。

実はその日、久しぶりに夫と二人で一泊でどこかへ出かけようと、数カ月前から予定を立てていたのです。すべて予約してありましたが、昨日の状況では予定通り出かけられるか判断がつかず、「その日になったら決めればいいね」と話していました。

　でも、まさかこんなに良くなるとは思っていませんでした……神様も優司も『行っておいで』と言ってくれているのだと思い、予定通り出かけることに決めました。

　さらに〝ついている〟ことに、今日の担当は中村さんです。

「今日は優司も落ち着いているようなので、早めに帰らせてもらってもいいですか？」

「もちろんいいですよ！　どこかに行かれるんですか？　楽しんできてくださいね」

と、中村さんに快く送り出してもらいました。

　祥司は家で私の母が見ててくれています。優司も祥司も、最も信頼できる人が見ていてくれるので心配ありません。

「何も心配することなく出かけられたね。昨日はびっくりしたけど、やっぱり私たちは〝ついてる〟ね」

「そうだね。こんな時だからこそ楽しい時間を過ごして心の針を上に向けないと。優ちゃんも俺たちが楽しい気持ちで明日会いにいったら、きっとすごいパワーが湧いてくると思うよ」

私たちはホテルにチェックインして部屋に荷物を置き、ホテルの近くにある増上寺の参拝に行きました。本堂で手を合わせ、２人でブラブラと境内を歩いていると、敷地の端の方に赤い物が見えます。

行ってみると、優に千体を超えるお地蔵様が赤いニット帽をかぶり、風車を横に携えて、ズラーッと並んでいました。私はそこからしばらく動けませんでした。異世界のような不思議な光景でした。

お地蔵様は、あの世で特にこどもを助ける神様として言い伝えられています。私はしゃがみ込んで、お地蔵様に手を合わせました。

「あずさ、行くよ」

夫が私を呼ぶので、我に返り、ホテルへ戻り、久しぶりに夫婦水入らずで楽しい夕食の時間を過ごしました。

こどもたちのこと、仕事のこと……話が尽きることはありません。夫の話す天国言葉が私の心に灯りをともしてくれました。食事中、窓からライトアップされた東京タワーが見え、私たちをさらに明るくしてくれました。

「この世界にはきれいなものがたくさんあるね……」

私たちは遅くまで話をしました。明日は病院にはゆっくり行こうと決めていましたので部屋に戻ってからも2人でソファーに並んで座り、しばらく美しい夜景を見ていました。

「来てよかった！」

私は心からそう思いました。昔の私だったら、〝心配や不安を抱えたまま優司や祥司を置いて、自分だけが楽しい思いをすることはできない〟と来ることはできなかったと思います。

その時、私の携帯が鞄の中で鳴りました。

私たちは顔を見合わせ、壁の時計を見上げました。夜の11時過ぎ……。携帯のディスプレイを見なくてもどこからの連絡かはわかります。

夫が携帯を持ってきてくれて、私に手渡しました。大きく深呼吸をしてから私は通話ボタンを押しました……。

「もしもし、武藤さんですか？」

前川先生の声でした。

天使になった優ちゃん

「武藤さん、今ご自宅ですか？」

「いいえ、今日は夫と外に出ています。でも、都内にいますので何かあればすぐに帰れます。優司に何かありましたか？」

先生は、一呼吸おいてから言いました。

「優司君の呼吸が止まりました」

私はどれぐらいの時間、黙っていたのでしょうか？　次の言葉を発するまでに長い時間がかかったような気もするし、そうではなかったかもしれません。

「呼吸が止まったということは……優司は、その……」

「優司君は呼吸器が強制的に呼吸をさせている状態です。心臓もまだ動いていますが、いずれ止まると思います。それがどれくらいの時間かはわかりません。今からこちらに向かうこと、できますか？」

　私は必死に言葉を探し、それが今に適する言葉なのかを確認をしてから返事をしました。せっかくここまでちゃんとやれてきたのだから……すべてをぶち壊したくはありません。

「はい、今から行きます！　一時間以内には！　遅い時間まで優司に付いていてくださりありがとうございます！」

　私は携帯に向かって深々と頭を下げました。このような連絡をしなければならない先生の気持ちを思うと、そうせずにはいられなかったからです。夫は何も聞かず、もう荷物をまとめ始めていました。

「急ごう！　優ちゃんは待っててくれると思うけど、そばにいて見届けてあげよう」

　ホテルをチェックアウトし、駐車場に向かう途中、夫に気づかれないように私は目にたまっていた涙をわざと思いっきり、下にこぼしました。

　今、すべて絞り出しておかないと病院に着いてから泣いてしまいます。神様との約束はまだ終わっていないので、私は病院で泣くつもりはありませんでした。

夜の首都高速は空いていて、私たちは前を向いたまま何も話さず、病院への道を急ぎました。窓の外の東京タワーが、都心の夜を明るく照らしていました。

「こんばんは！」

私が声をかけると、前川先生と余谷先生が私の声に振り返りました。夜中の1時ちょうどに私たちは到着しました。先生たちは優司と遊んでくれていたようです。前川先生の手には1冊の絵本。

「優司君、この本好きかなって思って」

「先生、優ちゃんが好きなのは、こっちです」

私は別の絵本を先生に差し出しました。ボロボロの表紙の、優司が大好きな『はらぺこあおむし』の絵本です。

私はこの絵本を毎日繰り返し読み、抱っこしながら唄を歌いました。優司は私の読むスピードより先にページをめくろうとするので、絵本のところどころが破れています。

ですが、あおむしがお腹いっぱいになってさなぎになる場面で、優司のページをめくる手が止まります。ジーッとさなぎを見つめ、そして私がページをめくり美しい蝶々が出てくると、嬉しそうにまた本を触ろうとするのです。

ＩＣＵでも家でも、優司はこの絵本を大事そうに抱えて眠っていました。他にも絵本はたくさんあったのですが、この本だけがボロボロでした。優司だけではなくこどもたちみんなが大好きなこの絵本に、私も優司のことを重ねていました。

いつか呼吸器が外れて、病気が治って、美しい蝶になる時がきっと来る……。

「そうだった、優司君は『はらぺこあおむし』が好きだったね」

先生は優司の横に絵本をそっと置いて、微笑んでくれました。

「優ちゃんの様子は、今どうなっていますか？」

私は自分の目でもそれを確かめようとベッドに歩み寄りました。まるで眠っているだけのような穏やかな顔をしています、

呼吸器だけが30秒間隔でブーンという音を立てていました。つまり優司は1分間に2回、呼吸器に呼吸をさせてもらっている状態のようです。サチレーションは50、脈

拍は70。

「ここから先はどうなっていきますか？　元に戻る可能性はありますか？」

余谷先生は優しい声で言いました。

「だんだん心拍が減っていくと思う。元に戻ることはなくはないけれど、可能性としては低いのかもしれない」

私は夫と相談して、優司のそばで朝まで一緒に過ごすことにしました。ひょっとすると、また奇跡が起こって、朝になったら目をパッチリ開けてくれるかもしれません。

先生たちがソーッと部屋から出ていかれたのを確認してから、私は優司の横にゴロンと寝転びました。優司を腕の中にすっぽりと包み、片方の手で優司の手を握り、もう片方の手で頭を抱えました。

「優ちゃん、大丈夫だよ、ママこんなに近くにいるからね……優ちゃんがやりたいようにしていいんだよ」

優司は私の体温よりずっと冷たかったけれど、私と触れている手や肌はだんだんと同じ温かさになっていきました。体温が交じり合って一つになれた気がして、私は優司が生まれた日のことを思い出していました。

「優ちゃんは元々ママの中にいたんだよ……今また一緒になれたね」

ふと、私たちの様子をなんだか優司が部屋の上の方から見ている気がしました。体はここにあるのだけれど、フワーッと抜けた優司の魂は部屋のどこかにいて、私たちの様子を見守っているような気配がします。

私は優司に聞かせるように、『はらぺこあおむし』の唄をくちずさんでいました。

「もうあおむしははらぺこじゃ、なくなりました……ちっぽけだったあおむしはこんなに大きくふとっちょに……」

優ちゃんはこの部屋でさなぎになって、力をたくさんたくさんためていたんだね。

「まもなく、あおむしはさなぎになって何日も眠りました……それからさなぎの皮を脱いで出てくるのです……」

優ちゃん、一緒にいっぱいお花を咲かせたね、幸せの花がたくさん咲いているよ！そこから見えるよね？

「あっ、ちょうちょ！　あおむしはきれいなちょうちょになりました……」

ああ、これでどこへでも飛んでいけるね。病気は治らなかったけれど優ちゃんは本当の蝶々になったんだね。これからも楽しいことがきっといっぱい待ってるよ……。


朝、6時――。夫が起きたようなので、私は声をかけました。

「司さん、優ちゃんの隣、代わってくれるかな?」

私は夫と場所を交代し、部屋の椅子に座って、母親にメールを打ちました。

『祥司を連れて、病院に来てください。優ちゃんを見送ってあげたい』

祥司はなんて言うかな……。ボーっと天井を見ている私の後ろで、なんだか夫が泣いているような気がして、振り向くことができませんでした。

6時50分――。余谷先生が部屋に来てくださいました。さっきからまだ4時間も経っていません。おそらく家には帰られていないのでしょう。先生の顔には疲れた様子はまったく見えません。今までたくさんのこどもを同じように見送ってきた先生は、その笑顔も行動も持てるすべてで、人の心に灯りをともし続けてきたのだと思います。

私は夫に言いました。

「優ちゃんの呼吸器、祥司とお母さんが来たら外してもらおうと思うんだけど、いいかな?」

「あずさがそう決めたんだったら、俺はもちろんそれでいいと思うよ」

「ありがとう……優ちゃんがんばったよ。祥司のことも朝まで待っててくれた。だからみんなで送ってあげたいんだ」


7時10分——。

「お母さん……優ちゃん、死んじゃったの?」

祥司が母に連れられて、前川先生と一緒に部屋に入ってきました。祥司は私を見て、困ったような顔をして下を向きました。

私は祥司の手を、そっと優司の胸に当ててあげました。

「ううん……優ちゃんは祥司が来るまでちゃんと待ってたよ」

体からは優司の存在をかすかに感じることができますが、モニターは看護師さんが外していったので心臓が本当に動いているかはっきりとはわかりません。

呼吸器側のベッドサイドに前川先生、足元に余谷先生、逆のベッドサイドに私、そして夫。母と祥司はベッドから少し離れた場所で見守っていました。私は横から身を乗り出して、優司の正面に身体をよじって向き合い、上から抱きしめていました。

「先生……」

私は前川先生を見て、ゆっくりとうなずきました。先生もうなずいて、言いました。

「では、呼吸器を外しますね」

先生の指が呼吸器の電源に置かれました。その時、私は確かに聞こえました。

『ありがとう』

ハッとして優司の顔を見ると、そこには私に向かって微笑みかける優司の顔が……。

私が覚えている2年４カ月……873日分の記憶にあった楽しそうな優司が次々と浮かんできて、目の前は優司の姿でいっぱいになりました。

どの優司も生き生きとした幸せそうな姿です。そこには、つらさや苦しさの影はひとつもありません。

「カチッ！」

前川先生が呼吸器の電源を落とし、私の腕の間から優司の喉につながれている呼吸器回路を外しました。ブーンという音と共に、呼吸器が止まりました。

先生はゆっくりと脈やその他の確認をとってから、静かに言いました。

「5月16日、7時22分。死亡を確認しました」

私は優司の顔をもう一度見つめ、前をしっかりと向きました。前川先生、余谷先生、夫の顔を一度ゆっくり見つめてから言いました。

「ありがとうございました。感謝してます」

私はちゃんと最後に、感謝を伝えることができました。心の中は不思議と清々しい気持ちで、あふれ出てくるのは〝ありがとう〟という思いだけです。

優司の顔は息を飲むほどに美しく、まるで小さな天使のようでした。口元はかすかに微笑んでいます。

「幸せだね、優ちゃん……愛してるよ……ありがとう、ありがとう」

✣四十九日法要までのこと

「お疲れさまでした」

「あずさもお疲れさま」

火葬場からの帰り道、私たちは車の中で今までのことを振り返っていました。優司の体は、亡くなったのを確認した後、病理解剖に出し、そのあときれいに体を洗ってあげて、みんなに挨拶をしてから家に帰ることになりました。

優司の部屋には今までお世話になった人たちが次々と駆けつけてくれましたが、その日、中村さんはお休みで病院にはいなかったのを私は知り、皆さんにお願いしました。

「優ちゃんが亡くなったこと、彼女に伝えてください。どうか……ありがとうって伝えてください」

お昼過ぎ、最後の体拭きをしようと慰安室に向かうと、中村さんがいました。

「中村さん……」

「優ちゃんのママ……」

私たちは一緒に優司の体をきれいにしました。いつもこうやって一緒に体を拭いていました。私はこの時間が大好きで、成育が大好きで、毎日が本当に楽しかったのです。赤ちゃん用のバスタブに涙が一粒落ちました。私の涙？　中村さんの涙？　泣かないと決めたのに、そうできない時もどうしたってあります。

ゆるします、そんな自分も。

成育を出る前にたくさんの先生や看護師さん、医療者の方々が優司にお焼香を上げてくださいました。一人ひとりに私が伝えたかったのは、後悔や悲しさではなく、楽しかった思い出と感謝の言葉だけでした。

優司は1年と8カ月、成育で過ごしました。ここは優司の第二の家で、成育の人々は優司の家族です。本当にありがとうございます。

優司の体とお別れをする時、私は棺の中に『はらぺこあおむし』の絵本を入れました。

「これは優ちゃんのお気に入りの本だからね。天国へ行っても読めるように持っていってね」

優司のまわりには、自宅へお線香をあげに来てくださった方々からいただいた、きれいな花がたくさん添えられていました。

「優ちゃん、またね」

私は優司の体に〝さようなら〟をしました。そして、優司の魂に話しかけました。

「優ちゃん、見てる？　体は箱だからね。次、生まれ変わる時は別の箱だよ！　それまではママのそばにいてもいいからね」

体は無くなっても、魂は無くなりません。

「最後まで楽しかったな」

と、夫が車の中で言いました。

「うん……私ね、みんなのおかげでがんばれたよ。いま正直、ホッとしてる。こんなこと言っていいのかわからないけど、肩の荷が下りたっていう気持ちもあるんだ……これからも楽しいことといっぱいいして生きていこうね。優ちゃんもこれからはどこへでも一緒に行けるし……なんだか楽しいことがいっぱいありそうで、ワクワクするよ」

「そう言ってくれて、嬉しいよ。肩の荷……そうだな。あずさにはきっとその気持ちがあったよな。がんばってくれて、本当にありがとう。優ちゃんのためにも楽しいこといっぱいして、生きていこう」

私たちはその日から四十九日の法要までの間、いろいろな場所へ行ってきました。一番印象に残っているのは北海道にある神威(かむい)岬に行った時のことです。

積丹半島の北西にある神威岬は、日本海に向かって突き出ています。岬の入り口にある駐車場から遊歩道を30分ほど歩き、やっと岬の先まで辿り着きました。

「ウワ〜ッ!」

そこからは、周囲360度、グルーッと海が見渡せます。水平線が丸く見えました。

「司さん、見て! あそこ!」

私は思わず、西の方を指しました。岬のずっと先、西方のかなたが光っています。

その日は小雨の降る曇りだったのですが、そこだけ雲の切れ間から太陽の光がサアーッと入り込んで、キラキラと光っています。

私は、しばらく動けませんでした。

「優ちゃんの世界があそこにあるんだ……」

人は死んだらどこに行くのだろう、と本で調べてみたのですが、言い伝えでは天国とは西のずっと先にあるようです。いま、私が見ている方向は西のかなたです。

「あそこに優ちゃんはいるんだね……なんて美しいの。あんなにきれいなところで暮らしているんだね……良かったね、優ちゃん」

私の頬を涙が伝いました。とても幸せな気持ちでした……。


旅行から帰っても、優司の魂が私のそばにいることをたびたび感じていました。不思議なことが何度も起こりました。

閉めたはずの鍵が開いていて警備会社の人が何度も連絡してきたり、出した覚えのない物がリビングに置いてあったり……。夫も祥司も、「自分はやってない」と言うのです。

「きっと優ちゃんが、僕はここにいるよ！　って、わかるようにいたずらしてるんだ

ね。おうちの中を自由に冒険したかったんだね！　いいよ、優ちゃん、楽しいことい
っぱいやって！」

私たちはいつも、そうして優司に話しかけていました。

四十九日が経ち、家族だけで法要を行ないました。お世話になった住職から次のよ
うなことを教わりました。

「世の中にあるものはすべて移り変わるものばかりです。一見何も変わらないように
見えるものでも、すべてが形を変えて、絶えず移り変わっているのです」

そのようなことを諸行無常と言うのですね。実体があっても実は無いようなことも
あり、たとえ見えなくてもちゃんとそこにあると思えることもある。それが自然なの
です。

天国言葉の修行をやめない限り、私の幸せの道にはいつもそばに優司がいます。

✣私が本を書いた理由

最後まで私たちのお話を読んでくださり、ありがとうございました。感謝しています。

肺移植ができないとわかり、絶望的な苦しみの淵にいた頃に出会った天国言葉の修行。初めてそれを受け入れた時から優司が亡くなる時まで、私はどのような思いだったのかを、同じような苦しみの中にいる人へ伝えたいと思い、いろいろと思い出しながら文章にしてみました。

本の中で、何度も「幸せ」、「ありがとう」、「感謝しています」、「愛しています」、「ついてる」――などの言葉が出てきたかと思います。読まれていて、しつこく感じた方もいらっしゃるかもしれません。私が無理をしているように感じられた方もいらっしゃるかもしれません。

そうなんです！　そこが一番のポイントなんです。幸せになるためには、天国言葉を普通の回数言っているだけではダメなのです。思い出した時に少し前向きな言葉を言ったり、自分の機嫌がいい時だけ言ってみたりでは……。それだと普通の結果が待っているだけです。私にとって、息子の死はそのぐらいではとても超えられないような大きな試練でした。

「普通はつらいよ」です。私は自分を見失わないよう、徹底的に天国言葉を使っていました。本文に出てきた以上に、「ちょっとおかしい人か？」と思われるぐらい、普段から天国言葉を使っていたと思います。夫も同じでした。

その結果、得たものは普通では味わうことができないような圧倒的な幸福感です。優司が亡くなって、本当だったら悲しみに打ちひしがれていてもおかしくありませんが、私は無理をしているわけではなく、優司が亡くなった時もこの本を書いている今も、本当に幸せです。

優司が亡くなって2カ月ほどたった頃、私は夫とささいなことで気まずい雰囲気になってしまいました。修行をやめてはいませんでしたが、これ以上一緒にいると地獄言葉を使ってしまいそうだったので、お互いが自分の部屋に閉じこもっていました。

「少し頭を冷やそう」

そう思って、壁にかかっている優司の写真をふと見た瞬間、ブワ～ッと否定的な感情が一気にあふれ出ました。

「優ちゃん、どうして死んじゃったの？　ママより先に逝っちゃうなんてひどいよ……寂しいよ、抱っこさせてよ……優ちゃん、ママは……ママは悲しいよ」

壁にかかった優司の写真は、いつもと何も変わらず、天使のようにニコニコした笑顔なのにです。

私はそんないやな気持ちをこんなに可愛い優司にぶつけたことが情けなくなって、ひとりで部屋で大泣きしてしまいました。

泣けるところまで泣き切った時、気が付いたのです。「そうか、感情のまま生さるからこうなるんだ」、と。

それまでの2カ月間、私は常に前向きでした。「天国言葉を言う」、「否定しない」、「褒める」……なにか行動をしたり、なにかを口から発する時は、優司といた時より前向きな自分になれているかを基準にして生活していました。

そのおかげで、私は悲しみやつらさをほとんど感じずにいられた反面、ふと気が抜けた時にしんどいと思うことがあったのも事実です。

感情的な気持ちのままで優司の写真を見た私は、本来持っているネガティブな部分が一気に湧き出てきたため、地獄のような寂しさや悲しさに襲われたのだと思います。「考えないから否定的になる」と教わっていたにもかかわらず……。私はそのことを身をもって実感しました。

「そうか、修行をしていないとこんなにつらいのか！」

私はその時、雷に打たれたような気持ちでした。こうして本を書くことになったきっかけは、その時の気持ちがあまりにも強烈だったからです。

「修行をするといいことがたくさんあるよ」ということを、「修行がしんどいと思ってもやっぱりした方が良いことがたくさんあるよ」ということを、できるだけ多くの人に伝えたいと思いました。

修行をしているというと、自分を抑えて生きているように思われるかもしれませんが、それは違います。自分を苦しみから救い、いつでも幸せでいられるようにできるのは、自分自身で作り出す絶え間ない肯定感だけなのです。

悲しみを埋めてくれるもの

〝ピンポーン〟と玄関のチャイムが鳴り、インターホン越しに、「祥司君いますか？」と男の子の声がしました。

私がドアを開けると、男の子が４人立っていました。

「あれ？　祥司のお友だちかな？　こんにちは」

「こんにちはぁ！　祥司君の弟が亡くなったって聞いて……お線香あげてもいいですか？」

先頭の男の子が言った言葉に、私はびっくりしました。

「君たちのお母さんはここへ来たこと知ってるの？　一緒に来てるのかな？」

「来てません。僕たちだけです」

優司が亡くなったのを知っているのは学校や近所のごく一部の人だけだと思っていたのですが、この子たちはわざわざ家に来てくれたようです。自分が小学校３～４年生ぐらいの時にはたしてこんなことができたでしょうか？　友だちの２歳の弟が亡くなった時、自分から進んでお線香をあげにいったでしょうか?

「ありがとう、本当に。さあ、あがってね」

私は祥司のお友だちをリビングに案内しました。

「おう、祥司」

「お、おう」

祥司も部屋から出てきました。優司のお仏壇の前にこどもたちはしゃがみこみ、遺影を見て、

「可愛いなぁ。うちの弟より小さい。こんなに小さいのに……」

と言いながら、お線香をあげてくれました。

「じゃあな! また明日、学校で!」

4人はそう言って、帰っていきました。

「しっかりした子たちだね。祥司はいいお友たちがたくさんいて幸せだね」

祥司は照れ臭そうに、部屋へ戻っていきました。

私たち家族はあれから数カ月たった今も、まわりの人の優しさに支えられています。それを忘れてはいけません。

私はひとりリビングに残り、優司の遺影を眺めていました。その横には、いつだったかクラウドファンディングで成育が導入したドクターカーの写真が飾ってあります。先週、成育の正門前に停められていたところを撮影してきました。優司はこの車に乗れなかったけれど、あの頃も私は幸せでした。

道端に咲いている花に目を向け、幸せに生きていくことはできますが、道に空いてしまった穴がなくなったわけではありません。その穴がどうしても気になる日もあると思います。

優司の魂はいつもそばにいますが、たまにもう一度、抱っこがしたくて寂しくなる時もあります。そんな時、その穴を埋めてくれるもの。それはやはり、「感謝」です。

私たちは病院にいた時、自らを幸せの方へ寄せるように努めました。ですが、それもまわりの人たちのたくさんの愛や優しさがあったからこそ、幸せな結果へとつながったに違いありません。

自分がどれくらい恵まれているか、どれくらい人の親切に支えられているか……そういうことに感謝していると、道に空いている穴が一瞬で埋まってしまうくらい、大きな大きな蓋になるのではないでしょうか。

❖眠りぼとけ

ある日、私は新宿の京王百貨店にいました。四十九日の法要でお世話になった大田区にある本寿院のご住職が新宿で『つちぼとけ展』をするとのお知らせをくださったので、夫と一緒に見に行ったのです。

〝つちぼとけ〟というのは、その名の通り、土で作った仏様の像です。本寿院では作り方を教えてくださるので、自分で作ることもできます。

展覧会では、土仏師（つちぶっし）と呼ばれる方々が作ったつちぼとけが展示されていて、そこで購入することもでき、売り上げの一部はラオスに小学校を作るための募金に充てられるとのことです。

私はお知らせをいただいてから、展示会を楽しみしていました。８階の催事場の一角で展示会は行なわれていました。たくさんのつちぼとけが並んでいます。どの仏様もとても穏やかな顔をされていて、見ているだけで心が和み、温かい気持ちになっていきます。

私は一つずつじっくりと端から見ていましたが、ふと一体の仏様の前で足が止まりました。

「司さん、ねえ、ちょっと……」

私は後ろで見ていた夫に声をかけました。

「ん？　どうした？」

夫が振り返って、私の指差す方を見ました。そして、言いました。

「優ちゃん……？」

夫も気が付いたようです。私が指差している仏様の顔が、優司そっくりなのです。

「優ちゃんにそっくりだよね！　こんな顔して優ちゃん、いつも寝てたよね！」

私には、優司がその台の上でグーグーと眠っているように見え、嬉しくてはしゃいでしまいました。

「気に入ったものがあればお持ち帰りできますからね」

　住職がはしゃいでいる私を見て笑いながら、声をかけてくれました。私はその仏様を家に連れて帰りたくなり、購入することにしました。つちぼとけの脇には創った方のお名前と、つちぼとけの名前が書かれています。この仏様には『眠りぼとけ』と書かれていました。

「やっぱり優ちゃんだ」と、私は思いました。

　お金をお支払いして、受付の方が包んでくれるのを待っている間、その方が「とても可愛いお顔をしていますね」と言ってくださいました。

「はい！　亡くなった息子にそっくりで……とても可愛い顔だったんです。そっくりなつちぼとけに出会えて良かったです。ついてます！」

　その方は包む手を止め、私の方へ向き直り、涙を浮かべてくださいました。

「そうでしたか、おつらいですね……でも、きっと息子さんはいつもお母さんを見守ってくれてますよ。丁寧に包みますね」

とおっしゃって、包んだ『つちぼとけ』をとても大切そうに紙袋に入れていただきました。

「ありがとうございます！　今日はここへ来て良かったです」

お礼を言って、私は紙袋を受け取りました。

「優ちゃん、今日はお友だちと遊ぶのをお休みして、ママに付いて来てるでしょ？　ママは今日もいいことがいくつもあったよ！　幸せだね」

私の肩越しにいるであろう優司に話しかけながら、私は夫と並んで新宿の街を歩いて帰りました。

夢の中で…

ある夜、私は夢を見ました……。

夢は、５月に優司とこどもの日のお祝いをした時のことでした。

「優ちゃん、今日はね、お兄ちゃんと優ちゃんの成長を感謝してお祝いする日なんだよ。二人ともこんなに立派に成長してくれて、ママ嬉しいよ。ありがとう！」

するると、夢の中の優司は私に返事をしてくれました。

「ママ、ここまでよく修行をがんばったね。今のママは昔のママとは違うよ、もう大丈夫」

私は優司がお話をしていることに驚き、大喜びしています。

「優ちゃん、いつからお話できるようになったの？　すごいじゃない!!」

柏餅を割り、箸の先にあんこを少しだけ乗せてあげて、先生には内緒でこっそり優司に食べさせてあげました。優司はおいしそうにモグモグしていて、それを見ている私も嬉しそうでした……。

「優ちゃん……」

そこで、目が覚めました。私はベッドの中で涙を流していました。

「そうか……優ちゃんは7カ月も私のことを待っていてくれたんだ」

ハッとして、私は気が付きました。

「修行をしていなかったら、私は優司の死を受け入れられなかっただろうなぁ。ＩＣＵにいた時、それ以前だって何回も優司は亡くなっていてもおかしくなかった。だけど私が天国言葉を言えるようになるまで、肯定的に生きていくことができるようになるまで、きっと待っててくれたんだ」

神様と結んだ「修行をし続ける」という約束を破っていないはずなのに、優司が逝ってしまったのはどうしてなのだろう？　私はそれだけが心に引っかかっていたのですが、今はっきりとわかりました。

神様は約束を破ったのではなく、修行の成果に合格をくれたからこそ、優司を神様のところにお戻しになられたのだ、と。

いいえ、ひょっとすると優司は最初から、神様が私と夫に遣わした小さな神様だったのかもしれません。私たちが幸せに生きられるように、大切なことに気が付かせてあげよう、と。

私たちがその気づきに真剣に向き合えるように、優司の人生という形になって気が付かせてくれたのではないでしょうか……。

私は、感謝の涙を止めることができませんでした。

「優ちゃん、ありがとう。7カ月もママを待っててくれて……大丈夫だよ、ママはもう変わったから……これから先、何があっても幸せでいられるよ」

私は、何度も優司にお礼を言いました。


（おわり）

特別寄稿

優ちゃんと過ごした大切な時間を振り返って
――小児緩和ケアの役割について考える

国立研究開発法人国立成育医療研究センター
総合診療部緩和ケア科診療部長
余谷暢之（よたにのぶゆき）

「私は優ちゃんの最期の時に逃げ出してしまうかもしれないので、最期までそこにいられるように見守っていてほしい」

これは、私が初めて優ちゃんのお母さんとお話しした時に彼女が話した希望でした。

医療技術の進歩により、多くのこどもの命が救われるようになりました。その一方で、治療が奏功（そうこう）せずに大人になる前に生涯を閉じなければならないこどもたちも少なくありません。医療において「治癒」は大切な目標です。しかし、治癒が困難な病気や慢性疾患を持つこどもたちにとっては、医療のゴールは治癒ではなく「いかにその子らしく過ごせるか」が大切な目標となります。緩和ケアとは、最期までその子らしく過ごせるために、からだや気持ちの症状を緩和し、本人とご家族が穏やかに過ごせることを支援する医療です。

病棟に上がってから優ちゃんと向き合い、時間を過ごす中で、お母さんの希望は「優ちゃんを笑顔にしたい」に変わっていきました。そこにいるのは、重い病気を持つ優ちゃんだけではなく、武藤家の次男の優ちゃんで、そこにある課題は病気をどうするかだけではなく、優ちゃんが優ちゃんらしく過ごすためにはどうするかになったのです。

こどもを亡くした両親の悲嘆の癒やしにつながった希望として、「治療への希望」、「親子が意義深い時間を過ごせることの希望」、「苦痛なく最期を迎える希望」があったとの報告があります。優ちゃんとご家族も最期まで肺移植という希望を持ちながら、同時に優ちゃんとの時間を本当に大切に過ごされていました。治療医と緩和ケア医がともに手を携え、チームで関わることの意味がここにあると感じました。

優ちゃんと過ごした時間は、今も私にとって特別な時間です。多くのことを教えてくれた優ちゃんとご家族に心から感謝し、少しでも多くの方のところにこの本が届けられるといいなと願っています。

あとがき

この本を手にとってくださった皆さんへ。

もし人生において大きな困難にぶち当たった時、この本のことをちょっとだけでも思い出していただけたら、これ以上嬉しいことはありません。

「ついてるから大丈夫」……呪文のようにとなえてみてください。

そう言うだけで大丈夫です。何とかなります。


有り難いことに、私の息子は三回、命をいただきました。

一度目はこの世に生を受けた時、二度目は肝臓移植で笠原先生はじめ成育の方々に消えかけた命を救っていただいた時、そして今回、皆さんのもとに1冊の本として伺うことができた時。
「人の心に灯りをともす」ことが今世の使命だった息子に、体という箱が無くなってもなおチャレンジさせていただけるなんて思ってもおりませんでした。

感謝しています。

最後にこのような機会を与えてくださった株式会社ナチュラルスピリットの今井社長、何も知らない私にいつでも丁寧にたくさんのことを教えてくださった株式会社ライトワーカーの高山史帆様、的確な編集をしてくださり作品を大変読みやすくしてくださった編集の磯貝いさお様、私をスタートラインに乗せてくださった企画のたまご屋さんの寺口雅彦様、さらにこの本の出版に携わってくださった方々皆様に深く御礼申し上げます。

そして、私たち家族に生きる希望を無くすことがないよう親身になって関わってくださった医療関係者様すべての方々（一部、仮名）に、尽きることのない感謝の気持ちをお伝えしたいです。

幸せかどうかを決めるのは自分の心。
すべての人に良いことがなだれのごとく起きますように。
お読みくださり、ありがとうございました。

2019年3月

武藤あずさ

著者プロフィール

武藤あずさ

1982年生まれ、千葉県出身。立教大学社会学部卒。本名は、武藤梓。

大学卒業後、美容関係の会社に就職。

その後、新たな仕事を始めるが、新宿歌舞伎町のホストにはまり、自ら稼ぎ出した5000万円もの大金を一人のホスト（今の夫）に2年間で使う。

しかし、結婚・妊娠を機にホストだった夫と共に歌舞伎町を離れる。

そして、2人で一念発起し、小さな立ち飲み居酒屋を大田区大森駅にオープン。

人情味と個性あふれるお客様に恵まれ、順調に5年で3店の出店を実現。

現在、飲食店の会社は知人に譲渡し、別法人2社の代表取締役に、夫は悠々自適な主夫となる。

長男次男に恵まれたが、次男は出生時より障害があり、2018年5月に他界。

しかし、次男の看病の期間に学んだことを今も楽しく実践しながら、物質的にも精神的にも豊かな生活を送っている。

ありがとう。ママはもう大丈夫だよ

泣いて、泣いて、笑って笑った873日

2019年4月26日　初版発行
2019年5月8日　第2刷発行

著者／武藤あずさ

装幀／福田和雄（FUKUDA DESIGN）

編集／磯貝いさお

本文デザイン・DTP／山中 央

発行者／今井博揮

発行所／株式会社ライトワーカー
TEL 03-6427-6268　FAX 03-6450-5978
E-mail　info@lightworker.co.jp
ホームページ http://www.lightworker.co.jp/

発売所／株式会社ナチュラルスピリット
〒101-0051 東京都千代田区神田神保町 3-2　高橋ビル2階
TEL 03-6450-5938　FAX 03-6450-5978

印刷所／創栄図書印刷株式会社

ISBN978-4-909298-04-1　C0011
落丁・乱丁の場合はお取り替えいたします。
定価はカバーに表示してあります。